U0451037

中共陕西省委当代陕西杂志社
支持项目

山语

金米笔记

张国宁 左京 / 著

陕西新华出版 陕西人民出版社

图书在版编目（CIP）数据

山语：金米笔记/张国宁，左京著.—西安：陕西人民出版社，2023.8

ISBN 978-7-224-14958-6

Ⅰ.①山… Ⅱ.①张…②左… Ⅲ.①纪实文学—中国—当代 Ⅳ.①I25

中国国家版本馆CIP数据核字（2023）第113977号

出 品 人：赵小峰
总 策 划：赵小峰
策划编辑：耿 英
责任编辑：赵小峰 朱媛美
封面设计：杨亚强

山语
——金米笔记

作　　者	张国宁　左　京
出版发行	陕西人民出版社
	（西安市北大街147号　邮编：710003）
印　　刷	西安市久盛印务有限责任公司
开　　本	890毫米×1240毫米　1/32
印　　张	7.5
字　　数	150千字
版　　次	2023年8月第1版
印　　次	2023年8月第1次印刷
书　　号	ISBN 978-7-224-14958-6
定　　价	68.00元

如有印装质量问题，请与本社联系调换。电话：029-87205094

目录
Contents

第一章

耳　子 / 003

菜园子风波 / 015

"倔老头" / 027

咸嫂子 / 038

木耳博物馆 / 051

第二章

余村取经 /065

"都管" / 084

党员会 / 093

田方办厂 / 100

火儿入党 / 109

第三章

米汤街 / 117

老人与牛 / 127

茄子栽荚　辣子栽花 / 136

敬老院 / 147

古　寨 / 156

第四章

将台子　/ 173

金米村的"布达拉宫"　/ 186

撤　校　/ 194

复　校　/ 209

后　记　/ 229

第一章

东经 108° 49′ 25″—109° 36′ 20″,
北纬 30° 25′ 31″—33° 55′ 28″,
"柞水木耳"地理坐标。

耳 子

01

山里的雨脾气烈。

金米村白天还艳阳高照,像是要晒化人,麻影子①时才聚了一点儿黑云,一擦黑说发作就发作,闪电像要把天撕裂,雷炸得地都能抖起来。避在大棚里的吊袋木耳还好,就是不知大田里的地栽木耳受不受得住。

我初来乍到,遇上的村支书李正森是个热心肠。

小伙儿30出头,身高一米八,体重超200斤,皮肤黝黑,盯着人说话的时候黑眼仁几乎全露出来,眼皮一个单、一个双。他看起来五大三粗,嗓音却极柔和,喊来两个女村干部帮忙,把我安顿在村委会二楼靠西的一间房。

---

① 麻影子:柞水方言,傍晚。

雨夜闲来无事，便捧起一本《柞水县志》读，想搜寻点与金米有关的文字，不觉越读越入迷。

县志里讲，柞水地貌大势犹如手掌，山脉呈手指状依次向南、东南延伸，流经金米全村的社川河则如指缝由北向南蜿蜒。受东西向和西北—东南向的构造断裂所控制，同时遭受长期风化剥蚀，由此形成山岭纵横、千沟万壑的掌状岭谷地貌。

这种山大沟深、土薄石多的特殊地貌，导致境内耕地面积仅占到总面积的百分之三，且分布流散，形状不整。但失之东隅，收之桑榆，其地处秦岭南麓，林木与中草药资源丰富，又因地质史上的燕山运动时期褶皱和断裂伴随着岩浆活动，带来丰富的矿液，生成多种多样的矿床，自唐中期便有人来此淘金……

及至夜半，窗外雨声渐小，河水声不绝。迷迷糊糊入睡，直到隔壁院子里两只公鸡争相打鸣方被闹醒。

早起与正森相约，直奔一组财富湾的地栽木耳基地。已经有不少耳农拎着铁桶下到田里。上年纪的坐着小板凳，把木耳菌棒横在腿上，左手转动棒子，右手来来回回地挑大拣小、挑肥拣瘦。

柞水当地老百姓管木耳亲切地称为"耳子"，摘完一茬又有新的生发出来，因此摘木耳又叫"拣耳子"。细看整个劳动场面，不觉令人啧啧称奇，再没有比"拣"字更传神、更贴切的了。

我就近掬起一个菌棒，嚯，分量可不轻。接地气的那一面，木耳朵儿明显更大更稠密。正森眉飞色舞，跟耳农们聊得热络："耳子这东西喜欢雨水，只要不下雹子，越是电闪雷鸣越能激发出它的灵性，长得越好。"

放眼望去，只见两山对开，一层又一层的山头叠着，山间升腾起雾霭，笼着这条上望不到边、下看不见头的川道。

照正森的说法，柞水的山大多以山形命名。

比方说钟鼓山，山似洪钟矗立，却又有平地一片；再说狮头山，山中间鼓起一个包包，身下好似有两只前爪伸将出来，像极了毛乎乎的狮子头。金米村沟口叫"金龙嘴"，也是这个缘故。

山都是被树盖着的，当中最显眼的自然要数杨树，但村里老一辈的人却最中意耳树。耳树又叫柞树[①]，正森领我上坡看：这种阔叶树树皮糙厚，小时候呈棕色，长大了逐渐变成黑色，

[①] 柞为多音字，此处发音为"zuò"，四声。读作"zhà"时表水名，汉水支流，《水经注》有载："旬水又东，南经旬阳县，与柞水合。水西出柞溪。"

连树上的裂纹也跟着狰狞起来。

这树用处却大。在物资匮乏的年代，耳树被山民锯成长短一般齐的木桩，桩身打出一排排小洞，塞入菌种，盖上盖儿捂住，不久就能长出耳子来。当地有文人墨客为木耳写赋，称赞其为树上精灵，"一包贮天浆"。

前些年封山育林，对这种老式的"段木点耳"生产方式有影响。不过山封了，种木耳的营生却没封，而是通过别的山路迂回了——金米村现在搞的是木耳代料栽培，而且不是一家一户在弄，有基地。代料的好处是护了树林而且高产，基地则带来集约与高效。

只是作为大山的馈赠，每年仍有少量耳树通过疏林计划，变身木耳代料中的木屑，"零落成泥碾作尘"，为这川道里蓬勃而出的"大地耳朵"源源不断地供给营养。

02

关于金米村的由来，最流行的说法是"山上有金，地上有米"。

为把这事儿弄确切，正森打算专程带我跑趟火儿家。火儿大名叫尹宇炳，是村委会副主任，村里人喊惯了"火儿"，大名反倒叫得少。他爸是金米村的"活字典"、80岁的老文书尹宏志，对金米的来历知根知底。

逆流而上。一条与社川河几乎完全平行的水泥路贯通整个村庄，中间又有小道从主干延伸出去，如同一棵大树上横七竖八冒出的枝丫。这正应了县志上"掌状岭谷地貌"之说。

不同年代的民居交错在一起，其间夹杂着大大小小、新旧不一的厂房，那是生产木耳菌包的中博公司和20世纪80年代末入驻金米的陕西银矿。民居散漫，厂房高大，很有一种农耕文明与现代工业文明交融的感觉。

火儿家在岩屋沟口。金米的五个村民小组，分别对应了五个小地名：财富湾、郭家庄、瞿家湾、米汤街和岩屋沟口。显然这些名字的由来都是人类活动与山川自然的结合。五个小组自沟口向沟垴依次排列。

木耳基地的分布也大体与此对应，占的都是村里最平整的耕地，数火儿家跟前这个地势最高，也更靠近水源上游。

我们上了桥，瞅见火儿媳妇正独自一人扯着塑料篷布的四角，从大棚里艰难地往外拉拣好的耳子。见有客上门，她急忙撂下手里的活，一边朝过跑一边拍掉身上的灰。

马上要进6月门了，门前那棵杏树树梢上，杏子皮儿渐渐透出红来。小院里栽着草莓，都藏在叶子下面，个头不大，吃到嘴里却酸甜酸甜。

火儿媳妇麻利地摆好板凳,倒上茶水,又到菜园里随手揪了一把蒜苗,嫩白的新蒜便露出头。一转眼工夫,她像阵风般消失不见了,火儿他爸从旁边的土房里徐徐迈步走了出来。

老爷子眉毛胡子全白了,却耳不聋眼不花,红光满面。他没住在火儿前几年起的二层小洋楼,原因是就喜欢他那睡了大半辈子的土炕,谁也拗不过。

"伯伯,我们来找你谝个帮子[①]。"正森赶忙迎上去,右手拉起老人的左手,又用左手抓着老人的右手叠在一起。

冷不丁被搅了午觉,老爷子原本有些迷糊,一看来人是正森,又问的是"正事",他正襟危坐,抖擞精神讲了起来。

> 1960年,金珠社和米川社合并,都采头一个字,叫金米村。最早分12个生产小队,大姓有6个,邹、赵、王、谢、江、陈。
>
> 我记得初级社时人口还没过千,有一年收成不好到处人

[①] 谝帮子:柞水方言,聊天。

饿饭,又从凤镇①迁来好些人,也就有了肖、曹这些小姓。别说这个,年景不好的时候关中道都有人把娃往山里送。

外间传金米"山上有金,地上有米",现实情况也差不离。从前只要你眼睛能看到的平地,栽的全是稻子。我们的稻子和别处的可不一样,叫个马稻子,白米上面有红道道,适宜半高山种植。河道差不多跟地一样平,引了水渠到地里,金米有这条社川河,再旱再涝不断粮。

山上也确实有金,就是量小,但银多,唐朝时王洪、孟喜在咱这开过银矿,现在那些古矿洞还在。论起来金米前多年的风光、红火都离不开银矿。

20多年前村集体就有自己的百货大楼,四层楼气派得很,卖布的、卖脸盆肥皂的、卖副食粮油的,十里八乡都羡慕。

火儿他爸讲的是方言,连说带比画,我云里雾里跟听天书一样,全凭正森在一旁翻译,才记下这些。老人见状也急,干脆要过纸笔自个儿写了一段。不愧是当过30多年村文书的人,

---

① 凤镇:凤凰镇,与金米村所在的小岭镇毗邻,古时为水旱码头,集镇上保留了若干清代民居,是柞水县的文化旅游景区。金米距凤镇老街仅20分钟车程,村里人现在过红白喜事仍旧习惯去凤镇采购。

手微微颤抖,落下来的字却骨架不散。

我曾经看过一份史料,柞水县从秦汉时起便有过多次南、北移民,其中,清康熙年间开始的"湖广填陕西"移民政策更是奠定了如今的人口格局。在这一过程当中,产生了一个很有意思的现象:南来的"下户人"①与先迁入居民的语言发生重构,形成了如今"北方音,南方调"的柞水话。

到了正森他们这一辈,操一口流利的普通话都没问题,但村庄内部交谈多用土话,吐字慢、咬字轻,悠扬婉转,跟唱歌似的,话尾多带"儿"音,而且特别喜欢给名称后加"子"字。

"正森,在这儿凑合吃噢。"火儿媳妇笑盈盈打起门帘,客厅里果然摆上了一桌子菜,还有一把黄铜酒壶。柞水老百姓好客,无论家境贫寒还是富裕,有客来一定要端上自家做的甘蔗酒或是高粱酒,以示尊重。村里现在还常见吊酒的大黑铁锅。

我随火儿媳妇进到厨房帮忙。刚才拔出来的新蒜在白子里早被砸成一窝蒜泥,她舀了一勺放在胡铁汉②上,拌了拌,喷香。只是蒸玉米发糕时添多了水,用筷子捅了一下,心儿倒是

---

① 下户人:清朝官方命名,对于南方各省自愿移入陕西的商农户,给予"耕者益力""商税三十税一"的减免优惠,并开具文书,让陕西州府县衙对"客籍下户"予以妥善安置。

② 胡铁汉:音译,金米山上的一种野菜。

熟透了。

大伙一起吃饭，火儿媳妇却再唤也不上大桌，拨了些菜在旁边的矮桌上吃。她时不时抬头望我，不安地问："你怕吃不惯吧？"

03

火儿去各组巡视木耳房了，还得一会儿才能见上。饭后雨又淅淅沥沥落下来，门前的山犹如一片绿色的帘子，遮住天幕。

我回味起火儿他爸刚说过的话，好奇村里的六大姓氏不知都是啥来历。正森却一拍大腿站了起来，说他就近带我去见个邹姓族里的"能行人"。

柞水传统民居的主体风格接近徽派建筑，又因地制宜结合了山地特点，以河或路为界，不圈围墙也没有院落概念，更有与邻相近相亲的感觉；周边地块默认为房主人所有，多作菜地；因下山风易形成气旋致人夜晚受凉，所以后墙无门无窗。

而保存完好的"邹氏大院"自成一体，比起散落的民居又是一番景象。青石台阶间长满苔藓，高低一致的房檐围成一圈，各家各户的大门都朝向中间的天井院子开着。

拐过一条小道，正好瞧见一个中年男人用盆接房檐上流下来的雨水冲洗鱼的内脏，几个女人孩子聚在一堆说笑。

"邹师在家没？"正森大跨步进到其中一户人家里，进门就扯起嗓子喊。

烫着大波浪卷儿的女主人正在摆弄盆栽，高高瘦瘦的男主人穿件唐装，弓着背在葡萄架那儿喂猫。听见人声，他沙哑着嗓子笑着应门："哟，老婆子，村里'定盘子'的人来啦。"

邹师全名叫邹定益。刚进门的时候我便瞧见，墙上显眼的位置贴着一张"党员中心户帮带示意图"，"邹定益"这个名字用大红色字印刷，占着整幅网格图的"C位"。

"我一直说要来谢你哩，总不得空。"坐定后正森说起，五组这两个新建的木耳基地，多亏了邹师这样能在组里说得起话的老党员帮忙，流转土地的事才没有遇到啥绊子。

正森一句谢，引来邹师一段长篇大论。

五组400多口子人，我们姓邹的占了一半。当年老祖先从湖北迁到这金米山里，靠啥站住的脚跟？靠的是讲信修睦、团结族人。

咱是个党员，肚子里多装了几瓶墨水，又是从陕银矿退休的，不说我们"定"字辈这些老兄弟，下面的子侄也还都敬重。关键是咱说的话有理，有理就有人听。

不管到谁家,我先给他算账。你种一亩地玉米,900斤卖1000块钱,把农药化肥除去基本赚不下啥钱。现在政府一亩地给1200块钱租金,建成大棚,经营木耳。一个菌包补七毛钱,一户承包几万菌包,浇水有专人来搞,不懂得咋管有技术员教,心里不平衡的也就想通了。

要我说呀,三十年河东,三十年河西,想当年下两组的人坐着车到咱们上三组来挖矿,我们靠山吃山,确实风光。是矿它就有挖完的时候,但世事它还会往前走。

你看现在全县发动搞木耳,金米又沾了离高速口近的光,政府给沟口修了农业产业园、塑胶跑道、荷花池,又搞起旅游。不说别的村,就是我们上三组的人去郭家庄(村委会所在地)开个会,都羡慕得不得了。

邹师停顿了一下,问正森,他有句话不知当说不当说。

"你放心邹师,我在这儿给你打包票,今年但凡有啥基础设施项目,一定先向上三组倾斜,村子内部要搞好团结和平衡。"正森以为他要提啥要求,拉起邹师的手拍了拍。

"这个我一点不担心,你这娃子办事公公道道的。"邹师犹豫了一下还是开口了,"现下大棚确实多了,但村上还得要好好琢磨,咋样才能叫这木耳产业变得更大,对不?"

这句话说到了正森心上，他最近老在琢磨这个事。

正说着，金米村的"木耳大总管"火儿进门了。

今年换届，火儿刚从五组小组长"升"上来。因为他之前包工程当过小老板，账算清，所以叫他分管着木耳基地和社会维稳这两大块，不过村上的工作向来分工不分家，大事一起商量。

按理说火儿和正森差了整整17岁，正森至少得喊他一声"哥"，但正森是个疏朗性格，没大没小惯了。

"火儿，你这头发咋一坨黑一坨黄的？"正森问。

"把他的，早上黑漆麻乎地染了个头，用成女人的染发膏喽。"火儿不好意思地捂了捂头，一群人哄堂大笑。

火儿却不笑，他看上去有点愁。"各组的监控都调着看了，摄像头有不同程度损坏，现在还闹不清是人为还是意外。菌包红根、不出芽，还有黄耳子的也不少，承包户追着问呢……"

正森看火儿一时半会儿也说不完，天色渐晚，便叫他一起回村委会去商量。临别前，正森又和邹师咬了两句耳朵。

"咱们想一块儿去了。老百姓现在见了我就问，正森，你最近到哪儿去啦，是不是有什么项目？村里人都盼发展哪。我准备最近组织村干部去南方学习，拓宽思维，让大家都把担子担起来。"

邹师给他竖大拇指,说:"金米村里大大小小20多个姓氏,如果都能拧成一股绳,还愁啥事干不成?"

就快回到村委会,天几乎全黑下了。夜凉如水,却不知谁在那儿用埙吹奏着《敖包相会》。

我以为是幻听,或者是谁家放电视。路过木耳大厨房[①]时,门口几个伙计指着凉亭的方向说:"赖书记[②]在那儿吹喇叭呢。"

菜园子风波

01

"驻村四人组"昨晚算是聚齐了。

若要拿驻村时长排一排,数李新成时间最长。脱贫攻坚战一打响,他便被柞水县小岭工业区管理委员会[③]派来当第一书

[①] 木耳大厨房:村上的农家乐。
[②] 赖书记:金米村第一书记赖盛涛。
[③] 柞水县小岭工业区管理委员会:现更名为柞水县县域工业集中区管理委员会。

记，一转眼已经五年了。这位退伍军人难得一副好脾气，人又实在勤快，笑起来一双眼睛如同弯月，人送外号"小李子"，全村没有他处不来的人。

接下来便要数现任的第一书记赖盛涛，他是单位的工会主席，工作队员轮换，他被派来也有两年。赖书记最近常被请去给县里一家企业生产的木耳酱搞直播带货，回来只要见着正森，就急火火要跟他商讨三产融合的事。

咸年凤则刚来有小半年，我叫她咸嫂子。咸嫂子是县里从东北聘请的木耳技术员，管着好几个乡镇的木耳技术指导。原本给她安排的住所并不在金米，但正森见她一个女人家住得偏僻不太安全，便主动邀她到金米来。

"听说你来，可把俺高兴坏了。"我和咸嫂子一见面，她就操着一口浓重的东北腔拉着我的手说，平常村委会大楼里就住着她一个人，这下可算有个伴儿了，"咱俩窗挨着窗，你半夜要到楼外头上厕所就喊我，路灯一灭怪黑的，别怕，俺陪着你。"

驻村工作队在村委会斜对面租了一处民房。但眼见我们"外来户"的队伍不断壮大，大伙凑在一堆热闹，赖书记和"小李子"一大清早就提了菜到村上的小厨房，说要搭伙做饭。

说起来，正森跟我们一样，也是个"外来户"。十年前为了办香菇厂，他带上父母从隔壁杏坪镇搬到金米，连着户口也迁了过来。香菇厂离村委会有个100来米,去年之前还带了43户贫困户。他到村上上班后实在太忙,厂子只能租给别人经营着。

咸嫂子正在切菜。忽然有凤镇的耳农要跟她视频通话,她撂下菜刀就往出跑,案板上堆满了白菜豆腐。

"切得太大了,太大了。""小李子"挤眉弄眼的,小声和赖书记嘀咕着,"咚咚咚"几下就把豆腐都改成了小丁丁。恰好正森送来刚摘的洋柿子,"小李子"催赖书记赶快打面糊糊,最好在咸嫂子回来之前就搅到锅里。

待咸嫂子回来,眼见饭都快熟了,又好气又好笑,只剩打嘴仗:"大了好吃!俺们东北铁锅炖,那菜都切得老大,可好吃。""小李子"赶快盛了一碗饭,笑嘻嘻凑到她跟前:"下回,下回尝你的东北菜。"

饭好了叫正森,他却被绊住脚再走不脱。

樊家老汉戴着顶破草帽,到村委会来寻正森,哭哭啼啼说这日子他过不下去了。正森赶快倒了杯水递到他手上,叫他别着急慢慢说。"我没有菜吃,只有干饭,我咽不下去。"

再问,原来是他老伴忍受不住经年累月的病痛折磨,今早突然喝了农药,喝完后悔,又给在县城上班的儿子打电话,这会儿人已经叫救护车拉走了。

正森见樊家老汉弓着背，牙也豁了，实在可怜，便安慰他，等这茬春耳收了，秋季调整出土地来，就给他重新划块菜园子。樊家老汉又哭："到了秋季，好些菜来不及撒种……"

"好我的老叔，我长得胖睡一尺五，你睡一尺，但常言道'家有千间房，只睡一张床'，你不能啥都想占呀。当初征你的菜地，赔偿款没短你一分一厘吧？现在是考虑到你有实际困难，破例给你解决。"正森摊着两只手，又苦口婆心地劝，"你家里还有病人躺在抢救室，当务之急是不是应该先管人？"

樊家老汉把水喝完，没有再言传，走了。

02

金米村委会所在的地界，叫郭家庄，属金米村二组。

村里会写对联爱作诗的衍富老汉常摸着他那把山羊胡说，相传唐朝时有一位姓郭的宰相在此买田，后又葬于此地，故而此地得名郭家庄。

但郭家庄没有一户姓"郭"，反倒是王、谢两姓居多。因此衍富老汉又有推测：郭老实为"国老"，意为有大能耐的人。

到底是郭老还是"国老"早已无从考证，倒是正森得人点拨，想从中挖掘士子家风，勉励后辈子侄一心向学。

其实郭家庄原本也有一所小学，就是现在正在盖村史馆的那片地。闹不清中间如何轮转，征地时竟牵扯出四户人家来。

说的又是菜园子。

"菜园子"在陕南地区是有历史的。土地没有承包到户之前，各村为了改善村民生活，保障公粮上缴之余，在"头头脚脚"上给老百姓划了点自留地，也是菜地。

2017年，金米现代农业产业园区的主体落在郭家庄。郭家庄统共只有100亩平地，为了完成整体规划，自然把夹在大地块间的菜园子一起覆盖了。

这里不得不提到村里人几乎天天都要做的一样吃食——糊汤。这糊汤比关中人爱吃的苞谷糁稠，里头煮些土豆和豆角，配酸菜吃。有菜园子的时候，这些东西唾手可得，吃不完了邻里之间还互相送，用不着花钱到集市上买。

虽然征地款都及时兑付了，但突然离了菜园子，这就跟让人一下子改掉几十年的习惯一样，一时翻不过这道梁也是有的。

"（村史馆征地）刚开始很顺利。后来谢家反悔，说不要钱要换地，因为吃菜不方便。另外有两家说，你要敢给他分地，我们也不同意征了。"二组小组长王晗新官上任,他咋也没料到,就这么半亩地,竟然成为绊住征地的一个"钉子",比建大棚还难。

王晗戴副眼镜,斯斯文文。他曾在陕银矿当过八年"火头军",受他小舅子在西安"卖串串买房"的启发,回村里办了个农家乐,也算是安定下来了。他平时爱好个文艺,在组上人缘不错。

"你还是年轻,不知道什么话该说,什么话不该说。"谢志平把眉头拧成一疙瘩。这个老木匠在组上干了许多年,原本他早已卸任,这不又被喊回来帮忙,二组暂时是王、谢两位小组长"共治"的局面。

"有的老百姓就是这,想吃奶不说要吃奶。"凭谢志平多年的经验,他揣度最先反悔的谢家人的心思,拿菜园子说事但又不仅仅是菜园子的事,"怕还是对6万块钱一亩地的官价不满意。"

但地价对各家各户都一样,谁有胆子另外开个口子?要知道,村子里最讲究的是"公平"二字,一旦一碗水端不平,那后头的矛盾纠纷才更叫人闹头疼。

一家子挑头,两家子摇摆不定,来来回回变主意。眼看这事陷入僵局,正森派火儿代表村"两委"去帮组上处理。

火儿直言他心里也敲鼓：从前当小组长，面对的多是亲戚邻里，骂骂笑笑就把事儿摆平了，现在当了村委会副主任，角色变了，到其他组上说话不顶用可咋办？何况一上来就遇上这么个"辣手"事。

"怕啥？原先为征地，郭家庄还有人骂我：'你是个野种，外地人，跑到我们这里来干啥？'我就不急不躁地站那儿。"正森总是带着股自信劲儿。

之所以有人骂正森是"野种"，是因为他是外来户。外来户当村支书，在金米是头一回，有人至今还没转过弯。正森知道，农村人骂人常常说得很绝情，心其实没那么硬，也便没有把这话往心里搁，该怎么干还怎么干。

这阵儿，他给火儿教方法：处理矛盾纠纷要学会倾听，没有思路的时候先听对方说，让他把想说的倾诉完。听的时候就要想，这事处理下来能有几种方案，利弊都是个啥。

受正森的点拨和鼓励，火儿这回有了策略。他不急着正面交锋，而是先拉着两个小组长去找第四户户主——"好说话"的王传德。此时这个心眼实在的农民越发显出他的难能可贵来："人么，一口唾沫一个钉，我当时咋说的，现在还咋做！"

这话经村组干部一宣扬出去，立马在二组树立起一个正面典型来。左右摇摆的那两户走到人前，也觉得脸红，便先后松了口。

正森刚问过王晗,说村史馆工程进度飞快,正准备砌花台和院墙。只剩下谢家的男人还在做他女人的思想工作,他家那0.0853亩菜园子,估计也快了。

03

最近村里各种检查参观格外地多,来了人正森就得陪着讲解。

从云南刚引进的金耳、李玉院士团队最新研发出的玉耳,再加上连栋温室大棚里的黑木耳,一圈看下来少说也得45分钟。一天好几拨,前脚接后脚,他常常忙得连口水都喝不到嘴里。

上边来的人都是领导,不陪于自己觉得有失礼节,加上村子的事很多都要仰仗这些人帮忙,万一因为没照面把人给得罪了,以后遇上事就不好办了。所以正森很多时间耗在陪客这事上边,却也无可奈何。

晚上好容易得空,我见他一个人坐在村委会一楼的便民服务大厅里,在纸上写写画画。这栋楼是2017年建的,三层,空房间不少。但正森没给自己收拾个办公室,整日里在大厅各个工位上打游击,他说这样跟大家没距离。

郭家庄到底是先成的"金米的经济中心",还是先成的"金米的政治中心",这事连当初主持村委会搬迁的老支书樊得朝也说不清。

但为了盖这栋楼,樊得朝可没少挨村里人的骂。

挨骂倒也有缘由。如果拉起尺子量,确实能发现一件奇事:金米这条8公里长的沟,其地理中心恰好就在老村委会所在的和尚沟口。

于是有人不免感念起过往村上干部的好处来。说他们心里装着一个"公"字,把村委会定在中间,为的是两头的老百姓办事方便。

被念叨最多的人,还数已故的老支书张太成。说是张太成骨头硬,当年某县官想要私自动用金米集体账户上的钱,任他软硬兼施,张太成就是不答应,县官一气之下逼着别的村干部用私章支走了钱。

从此两人存了过节,县官总想使绊子把张太成换掉,结果在金米村里组织了两次党员投票,最终也没把张太成选下去。

老话说,村看村,户看户,社员看干部。新村委会选址到郭家庄,上三组的人嫌远,在背后"骂娘":"樊得朝有私心,不就是为了让村委会离他樊家近,咋不干脆盖到他家门口?看着吧,村干部是农民头,没有公心做不赢。"

樊得朝哑巴吃黄连。好在跟他搭班的"小李子"仗义,反复去解释:此一时彼一时,当年村里以种粮为主,如今在这金米最开阔的一片地上种木耳,木耳才能成气候;村部盖到这儿,村子才会有气象。至于村民跑腿的事,有村组干部代办。人们慢慢不再说啥。

到现在,看到村子一天车水马龙,看到村委会南边那一排排木耳大棚,当初说怪话的人反倒觉得此处才合乎金米富民的风水。

别看这楼不算阔气,盖起来却不易。楼体设计了六七百平方米,工程量大钱紧张,门窗能赊,水泥却不欠账。樊得朝像给自家盖房一样精打细算,最后还是差20多万,是他厚着脸皮去陕银矿借的。

"小李子"还记得,搬新家"暖锅"那晚忒冷,但看着这依山傍水的小楼,樊得朝实在是高兴,喝着喝着把自己灌多了。酒喝多了就流眼泪:

我2005年上来当村主任,就想给村里修路。虽说陕银矿来修了主干道，但咱村可怜得没有一条像样的通组路。种地靠背篓背、担子挑，不管谁家建房，都只能把材料放在大路上，然后再用架子车一点点往回拉。

那年要修一条1.1公里长的丁字路，涉及80多户。我叫了村上6个蹦蹦车拉石料、拉水泥，说好了如果能从上面要下油费就给人家平分，最后一分钱也没要着，白干，这么多年心里愧呀。

后来搞美丽乡村建设修路，国家给补贴，老百姓自己出工。有三四家嫌地被占得多了些，硬挡着不让过。还是众人出来说："你们有后莫得？你们的子孙难道不从这路上走？"才给我解了围。

这些都不算啥，再难难不过脱贫攻坚贫困户精准识别。这"小李子"最清楚，我们按最严的标准筛出了70多户，这都是谁也挑不出刺的。但到了那些可进可不进的临界户，着实让人犯了难。

骂我的人就多了，质疑我优亲厚友的、编派我收礼的，说啥的都有。还是吴久文老支书通情理，见村上工作难做，自他家开始带着6户主动退出，才平息了纷争。

要说自我往上，吴久文、张太成这都是干了几十年的老支书。吴支书没进过学堂门，但从不偏谁向谁，坡上那棵树是谁家的、地畔子划在哪里，都归得清清楚楚。

当村干部嘛，在任上时免不了有人骂，但办了实事一定有人记着。相反，干了瞎事也有人记一辈子。我也没啥子委屈，一代有一代的难，但说起来总归是前人栽树，后人才能乘凉。

正森上任后经常找樊得朝谈家常，他却并没有叙说这些苦，只是有点心疼地说："看你一天把自己晒得黑黢黢的，一个口袋两个眼，白天挣100块钱不到晚上就花完了，也不知道省着点过日子，还要娶媳妇呢嘛。"

"你要是现在还当支书，不是跟我一样的，你那车跑一年有谁给你加一箱油？"正森就是这，没大没小爱呛人，尤其是对这些心里面敬着的人。

樊得朝拍他："正森，一肩挑，你往后担子重哪。但你记下，哪怕是芝麻绿豆大点的事，但凡给老百姓承诺了就必须做到。公信力跟那水泥杆子一样，要是倒了，扶起来难，还有可能摔断了。"

这话被正森改了改，村上开会时常听他说——村"两委"的干部必须懂政策，能办的事立马办，办不了的事给老百姓耐心解释清楚，不要让老百姓跑一次冤枉路。

"倔老头"

01

我和火儿要去六亩地木耳基地，在半道上遇见了正森。

他背着一个橘色的布袋子，哼哧哼哧地赶路。路旁有一片早园竹，不用问，这里是三组瞿家湾的地界。全村只有瞿家湾栽这个品种的竹子，也是个特色。

"正森，把你捎上。"火儿给他按喇叭。

正森扭过头，拍了拍手里的布袋子，摆手叫我们先走："你们等不住我。"他背了一摞党史学习教育的书，说想沿途访上几位老党员、老教师、老医生。约好了他一忙完就来撵我们。

正森那张嘴像个水泵，一开闸就收不住，火儿正好相反，是个温吞性子，但奇就奇在，这两人却能好得跟一个人一样。车都开出去老半天了，才听火儿慢吞吞地说："正森今天还带着任务哩。村里缺个副支书，我们在三组物色了两个人，但人家愿不愿意干还很难说。"

我疑惑，必得是三组的人吗？

"最好是。村'两委'班子结构要合理，尽量各组都有人，这样既可以代表本组人发声，又方便群众办事。"看来，这乡村里也有"政治"，乡村政治里也讲"博弈"。

我话还没来得及问完，车已经停在一片砂石地上，六亩地木耳基地到了。

这六亩地也有来历。柞水县民政局出了一本地名志，上头收录了一段民间传说：相传很早以前，有一匹石马被困于此地，晚上将6亩麦子吃光，此处故得名六亩地。山区坡地多平地少，类似"六亩地""八亩地"的命名，有称道此处平地地块大、产粮多之意。

崇山峻岭包裹之下，白色云脚低低的，仿佛在棚顶的黑色遮阳网上踏浪。不知是不是负氧离子浓度高的缘故，总让人觉得空气湿湿的，心旷神怡。

火儿显然没有闲情逸致。菌包厂的人催了他好几回，要对账。今年金米挂了320万袋春耳，有一半是从这家菌包厂拉的货。

火儿也正为菌包质量的事作难。最近各个基地都有耳农找他，有反映黄耳子的、红根的，甚至还有至今不出芽的。

今儿个双方约在六亩地见面。菌包厂倒也诚恳，负责人带了一位技术员来。"你看我就一个请求，帮忙给想个解决的办法，群众务这一季耳子不容易。"火儿组织了半天语言，希望能以情动人。

菌包厂的女技术员高高瘦瘦，站在大棚口上瞧了瞧，又摸了摸不出芽的菌包，然后伸出纤细的手指来："看看，五个手指头还有长短呢，咋能要求菌包个个都出得黑压压一片。"

听口音，她应该是咸嫂子的东北老乡，但说话口气却不似咸嫂子那样听起来就让人感到热心。她仰迈着脸，说有一种催芽药，死马当活马医，兴许能救活。"你自己拿主意，看用是不用？"

看她把坏菌包的事推得一干二净，火儿沉默着不说话。菌包厂的负责人戴个墨镜，等了火儿半天，只瞧着他一边摘耳子一边往棚深处走，估计今天催账无果，便撂下一句："尹主任，跟你们李支书商量好，麻利地把账一结。"走了。

"火儿，你斜着进嘛，耳子叫你碰得掉了一地。"来人是六亩地的木耳管理员邹定富，人称"倔老头"。

刚才的对话他也听见了，伸出泥乎乎的双手举在半空，明显气不打一处来："五个手指头不一样齐，那咱给他结账也不一样齐，说的怪话！"

02

"倔老头"长着鹰钩鼻,眼睛圆鼓鼓的,亮得放光。

他农闲时喜欢穿一件带领子的笔挺笔挺的衣裳,这是儿子若楠从西安的大商场买了给他寄回来的:"娃子在凤城八路给人家卖房呢,没假休,忙。"

年轻那会儿,"倔老头"就时髦,爱玩个手扶拖拉机。摇把一转,烟囱里黑烟冒着,"突突突"地开着去犁田耕地,可威风。都说他这人,大半辈子就没敢叫手闲过。

但金米眼下最时兴的事儿,他却差点没赶上趟。

"刚开始是只有贫困户有资格(承)包,国家掏钱建木耳大棚,先紧着最困难的人嘛这理所应当。后来条件放宽了,却偏把年龄卡到60岁,咳,嫌咱老,不中用了么。"

眼见基建队把棚都搭到自家门口了,"倔老头"还是没能参与上,只能躲在家里对着若楠妈唉声叹气。却不想,打小跟在他屁股后面玩的火儿突然撵上门来找。

金米村里的木耳产业越搞越大,便催生出一个"新职业",叫木耳管理员。

要说清这个事还得往前追溯。脱贫攻坚时期，柞水搞起"借棚还耳"的集体经济发展模式。顾名思义，就是村集体将大棚等生产资料和统一购买的木耳菌包等免费提供给"借袋"户，"借袋"户又将成品木耳交还村集体。

在这一过程中，"借袋"户付出了劳动，村集体则以每袋5到7毛钱的标准给予补贴。"借袋"户前期不需要资金投入，种植木耳又是劳动密集型产业，这种形式贴合了当时的生产实际，带动脱贫成效显著。

这一特殊时期的特殊政策，更多是从"公平"的角度考量，给当时身处贫困中的家庭雪中送炭。但整村脱贫后，情况已悄然发生变化：金米村有948亩耕地，300亩建有集体木耳大棚；全村493户1740人，木耳承包户达127户——用在木耳产业上的土地和劳动力资源占比都接近三分之一。

显然，种植木耳不再只是针对贫困户的扶助产业，而是全村的共富产业、振兴产业。如若不抓效益，不仅挫伤承包户的积极性，而且违背发展集体经济的初衷。

正森不愧是办过企业的，有管理经验。头一件事，先把承包户补贴与上交的干耳子挂钩。交1钱耳子兑付1毛钱，超过7钱另加额外奖补，多劳多得。再就是从各组聘了11个木耳管理员，负责浇水、监督集中晾晒、收耳子。

火儿动员"倔老头"当管理员。他那凡事较真的倔劲，正好派上用场。

"嘿，给你找了个轻巧事。"几个快嘴妇女逗"倔老头"。

这话他可真不爱听："想干好就不轻松，想轻松就干不好。"

"倔老头"鼓着腮帮子，拽着我和火儿就开始絮叨——自从干了这差事，除非睡觉，他几乎跟长在地里差不多。

前晚大暴雨来得急。我要打伞，还要照手电，一个人还要拉卷膜器，呼地风一吹，伞都不知道跑哪儿去喽。裤腰带也湿了，还把我整感冒了。

你看这是个简单活儿吧，里头道道可多。头一件，浇水。常听咸技术员讲"三分阴，七分阳，干长菌丝湿养耳"，耳子长得好不好，关键在浇水。

我们基地55个棚，早起两道水，下午两道水，根据木耳的收缩程度判断干湿。中午不敢浇，你想啊，朝烧红的铁锅猛泼上一瓢冷水，是不是能把锅激炸了？一个道理。

即便是这样营心，矛盾也不少。东家说给他家浇得迟了，西家说给他家浇得少了，还有那私自改变设施方位的，把孔弄大，我说你这是"想了一头，没想到另一头"。

大前天，风大，太阳也大，有一个跑来找我，问他家的棚浇了半个小时咋还是干的。我去一看,气得直拧他耳朵:"你懒得连遮阳网都不往下放,水全洒外面去了。"要么说集体的事,群众积极性有限。

要把耳子侍候好,还要想省电的事。好些人他就不懂,带动水泵的电机45个千瓦,启动一下两块钱就没了。有人硬缠我单另给他开:"你浇一下咋了嘛,电费又不是你掏。"

你看这说的叫啥话?损耗都是村上出钱哩,那钱又不是天上飞来的。大家,小家,过日子都是一家。

"老头这觉悟,没的说。"正森不知啥时候过来了。

他有心,特意给"倔老头"留了本《中国共产党简史》,可又不麻利地给,而是说:"要是村里人都能像你这样,那我就不消感谢你了,你要带动其他人哩。我们村干部再强,没有你们的支持不行。下一步,我想把你们这些能说直话的人组织起来,多给村上出主意。"

03

"倔老头"接过书,一直摩挲书皮。

"我20多岁的时候,太调皮。支书到门上来找,让我入党,我喝多了酒躺在床上打呼噜。第二天支书拍着我的肩膀说'太没意思了',走了再没来过。"

"倔老头"既想叙说自己曾经的风华正茂,令人青眼相加,那自是值得炫耀的,说到结局又有那么一瞬间黯然神伤。表情也变得复杂,说不上到底是喜是悲。

我问他:"后悔不?"

"不后悔。""倔老头"摆手,眼睛却不看我,竭力做出一副平静的模样来。

"嘿,你就是嘴硬,要是真不后悔就不会为这个事耿耿于怀,活到快70岁了还念念不忘。"正森的耿直加嘴快,跟"倔老头"对脾气。

"你们看,我们小莉回来了。""倔老头"的搭档、五组小组长赵乐莉骑着摩托车一路呼啸而来,说是有耳农急着要交耳子,正好给了"倔老头"台阶下。

这赵乐莉一米八的魁梧大汉,但名字却偏女性化。我问是不是当年户籍室的人手误打错字了,他笑着没说话。

正森说,当初聘木耳管理员的时候,村上给了小组长优先权。"村里样样事都离不开小组长,防汛防滑、红白喜事、调解纠纷、社会救济……占用了他们大量的时间。但小组长一个月只有 300 块钱补贴，有时候连交电话费都不够。吸收他们进来当管理员，干一天活挣 80 块钱，也算安这些人的心。"

办农村的事，就跟劈柴一样要顺着纹理，它有自身的规律。比方说小组长看上去不过是个"芝麻官"，但村民对他的认可度非常高。很多时候，你不是组长，管事也没有人听你的。他们就像是基层治理的毛细血管，跟木耳管理员身份交叉，对管好集体经济有益处。

但凡事都有例外，一组小组长陈庆海就拒绝了村上的好意。他的想法很简单，他自己包的有棚，钱不能净让一个人挣，让那些没包棚的也挣点。再说了，瓜田李下的，村里人要是议论起来，疑心他给自家地里多浇水，招人骂。

别看陈庆海因为家里负担重"进"过贫困户，但乡情特别好，被提名过村委会主任，和正森当过竞争对手哩。但你猜他说啥？"我书念得少，文化浅，理不通，也没入党，万一把村上工作耽误了可咋办？"

那也是个倔强人，连正森都服气他："海娃子（陈庆海小名）这人，好的从来不往自己跟前扒，没人得的他来得，他的承包地是离水源最远的。"

我说，除过觉得陈庆海这觉悟高于一般人之外，我还有个看法，叫"小组长忽视"。现在一般说村干部，大都只想到村支书、村主任,难得关注一下村民小组长。

"这一帮人,光你村支书在意不行,还得上边重视。要选精兵强将,充分发挥他们的作用,也要关心他们的待遇。"

正森两眼放光:"我咋就没想到'小组长忽视'这几个字?"

跟正森说话间,邹胜全一家子齐上阵,几十个青灰色蛇皮袋子把木耳房的墙根围了个严实。

我走进去瞧了瞧,嚯,这里交的干耳子快堆成山了。小莉一直蹲在空地上过秤,闷得满头汗珠子,顺着头发往下滴。他过一袋便唱一下数,然后麻利地在蛇皮袋上标个"全"字,以便日后结账用。胜全媳妇也目不转睛地盯着电子秤上的数字,以几乎同样的速度在烟盒纸上记下。

"领导,这俩管理员管得可严哩,下令过了晚上7点不收耳子,你看把我们赶得急的。"邹胜全见正森和火儿都在,边扯着毛巾擦汗边开起了玩笑。

"你还会逮着机会告状。""倔老头"做出一个要打他的动作,惹得一群人蛮笑,"你们就不懂!过了7点,黑灯瞎火的,再把干湿度不好的混进来,库房里的好耳子也给整坏了。"

"那要把晾晒架配够么。最近家家户户都要晒耳子,又不让人背回自家门上晒。"边上凑热闹的几个人也起哄。

"你看看,我说这就是个得罪人的差事嘛。你们觉得把耳子拿回去晒没啥,这想法就不对。耳子是集体财产,必须放在晾晒架上,有摄像头照着,才能保证它不会'走错门',要不然进了私人屋里也难说。""倔老头"说完,把皮球踢给火儿,"没晾晒架,找他。"

一群人又把火儿围了。火儿戴上老花镜,把问题记下来。"倔老头"又趁机反映了几个设施上的事:"6个阀门关不严,过滤网不行,排水有问题,有时候浇完水进棚都要穿靴子了。"火儿都一一记录,答应这就让工程队来修。

邹胜全家的小儿子也在搬运耳子。小伙子个头不高,生得黝黑壮实。火儿过去和他攀谈了几句,知道他还在京东上班,每天开着电蹦子到各村给人送快递。

正当火儿要转身的时候,听见小伙子叹了口气:"我们兄弟俩都30多岁了,还没娶媳妇,我爸劳累得很。"

这让火儿想起来,其实当初他给自己选小组长"接班人",属意的是"倔老头"家的若楠。若楠跟这个孩子差不多大,大专毕业有文化,人也灵醒。奈何几次登门,若楠一直摇摆不定。毕竟在西安打拼了多年,一下子叫人回乡,肯定是要思前想后的。

后来组里人推举管火儿喊姨父的小莉，他倒是爽快："既然大家信得过，咋都要把这个台站住。"

"倔老头"常说："我们小莉是个苦实娃，吃亏多。有些事情，他年轻，脚不敢往前跷，我就在后头给他打气。"若楠没回来，"倔老头"跟小莉这爷俩倒是在一起给村里干事时结下不浅的交情。

火儿突然问正森："早上谈得咋样？"正森摇头。撵到这儿之前，他去劝说三组那两个人回村当副支书，人家都没答应。

"叫娃子回来吧，在外面打工有啥意思，金米的希望明晃晃的哩。"火儿没忍住，又劝了"倔老头"几句。

两人再说了些啥，我就不得而知了。

咸嫂子

01

要不要给不出芽的菌包用药，这事关重大。

火儿跟正森商量了一下，决定还是先问问咸嫂子再做定夺，她是村里头的技术权威。

相处久了，要弄清楚她的行踪一点不难。

咸嫂子有辆电动车，这是县木耳办给她配的坐骑。刚从东北来那阵子，她骑上去脚都不敢离地，现在九曲十八弯的山路跑起来风驰电掣。白天里但凡这车没在村卫生室门口充电，不用问，她绝对是去基地了。

"你昨天才刚摘了耳子，干啥着急浇水？一个菌包180多个眼，你让它好好晒上三天，只要不长绿霉没有杂菌，管好了出四五茬一点问题没有。"

咸嫂子高喉大嗓，再加上这东北腔，大老远的，未见其人，先闻其声。

她在批评一组财富湾的一户耳农胡乱浇水。最近雨格外多，雨后越发热蒸，本就不利于菌丝生长，再不好好晒包，搞得跟隔壁村一样感染上面包菌，那才叫一个气人。

这耳农辩解道："技术员，不是我不听你的，凡事还讲究个灵活应变嘛。你看这小耳子冒出来了一点，我就怕不给它浇水叫太阳给晒坏了咋办。再说，还有人晚上偷偷给自家地里浇水呢，你们咋不管？"最后这一句，大约是瞅着火儿过来了才说的。

私下里听咸嫂子委屈地抱怨过一回，这几个月来，确实有个别耳农瞧她是个外乡女人，对她的技术指导半信半疑。

其实我是见过的，哪怕是像六亩地那样被她称为"全县数一数二的木耳基地",她去了也常训人:"挑大的摘!可不敢全抹了,那就成木耳杀手了。"

但每隔两三天去一趟,那里的耳农跟迎接贵客一般,争着抢着叫她到自家棚里转。骄傲如"倔老头",在她面前也像个小学生一样恭敬:"一多半的技术,徒弟都跟着学会了,还希望能学到师傅所有的本事。"

总之只要是涉及技术上的事,咸嫂子就认死理,今天她自是不依不饶。"县上出着高工资聘俺来,俺看见不对的就得管。说晒三天还是少的,只要菌包外面没形成薄薄一层硬壳,就是还没晒到位,听着没?"

这耳农看上去比咸嫂子还年长些,又是个大男人,大庭广众的,进也不是,退也不行。火儿给他摆手,叫赶紧把水关了。

我劝咸嫂子,虽然有人说柞水木耳的历史可以追溯到明清时期,但对村民来说黑木耳代料栽培却是个新技术。往前数五年,这地里头种的都是玉米土豆,庄稼旱了可不是就得一个劲浇水?

"说白了,就是种庄稼的思维还没完全扭转过来。"她点头笑,算是认可。

"技术员,我找你有事请教哩。"火儿说。

"噢，尹主任，正好俺找你也有事，那你先说。"

火儿把菌包厂技术员的话转述了个七七八八："到底怎么个弄法，跟你讨个主意。"

"不成！"咸嫂子几乎是不假思索脱口而出，"要买催芽药俺也能帮你们买到，但是为啥一直没提，就是不建议用。咱们木耳的名气越来越大，谁都知道是无公害的绿色产品。这药能不能催出芽咱先不论，但万一有农残可咋办？"

火儿总算是舒了口气。他本就抗拒用药，但又不知道自己的想法对是不对。虽然涉及的菌包数量很少，但毕竟是集体财产，一针一线处置起来最终都要能给老百姓个交代。

其他乡镇也有反映菌包质量问题的。菌包厂把原因更多归结到了耳农的管理跟不上。"有地方菌包挂起来 20 天还不浇水，出芽肯定难么。有的棚里耳子大得都畸形了，也不及时采，不红根才怪。"菌包厂也是有凭据的。

"但是黄耳子这个事他们推不掉。造成黄耳子的原因，大概率是高温养菌或者冻袋。俺正为这事找你，今晚县上开技术员大会，俺跟俺家老杜商量了，要上报这个情况。"咸嫂子跟火儿说，她希望村民也能发声，"拒绝冻菌包。"

"那是肯定。黄耳子不压秤，一蛇皮袋错 20 斤分量，怕怕呀。"

02

"你还没见过他吧？俺家老杜特忙，木耳办的人周末还在下乡，到哪儿肯定都要带着他。"一提到老杜，咸嫂子整个人都不一样了。

我一早便听说，老杜是技术员队伍里的老资格，从柞水建第一个木耳大棚的时候就在这里了。五年下来，他提着行李箱辗转全县各个木耳基地，跟他一手带起来的本地技术员处成了兄弟伙。

我和火儿打趣他们这是"夫唱妇随"。咸嫂子越发红了脸，却又说："闺女上大学了倒用不着操心，但半夜想儿子还是想得心肝疼，从小到大他都没离过俺。"

"你们一家子走个人才引进，把娃儿弄到我们这儿念书，留在柞水多好。"火儿身上总是带着一股本地人惯有的热乎劲，让人生（挺）亲切。或许正是这种真心换真心，咸嫂子把金米就当自个儿家一样看待。

火儿不无羡慕地感慨："同样是农民，你们就能凭自己的技术弄碗饭吃。论起来，还是你们那儿的人巧。"

"啥巧不巧的，都是下苦下出来的。"咸嫂子撇撇嘴，她极不认同火儿的这个观点,"老杜为了做木耳连雪窝子都睡过,差点没命。"

你们知道抗日民族英雄赵尚志不?俺们老家就在尚志市。俺记得小时候,满山的山木耳一下雨就全冒出来。大人们把木头锯回来,往上边打菌,再后来用酒瓶子养菌,但酒瓶子太费,一个三分钱,后来才有的代料。

代料之所以大面积流行开来,俺家老杜说这可能跟2000年前后开始的"天保工程"[①]有关。那会儿经常是一片山的树全被砍光了,上级可能看到了潜在的危险。

从24岁起,俺家老杜跟村里一群小年轻开始做木耳。起头是地摆,没有大棚。在俺们那儿,做木耳是不可能正常作息的。早晨3点摘木耳,浇水到半夜,各家各户都是在地里搭个塑料棚住下,弄上窗帘。

灭菌接种之后木耳就有了生命,需要呼吸氧气,海绵丝就是它的嘴巴,每一个孔都是一个生命。它就像个婴孩,不会说话,但每一个细节你都要注意,它哭了就要知道是尿了还是饿了,要不然前期管理出任何疏漏,后期都会

---

① 天保工程:即天然林资源保护工程。在我国,主要在长江上游、黄河上、中游以及东北、内蒙古等重点国有林区实施天然林资源保护工程。

显现。

现在回想，那时候真是精力旺盛，一宿一宿不睡觉。"人家的木耳好，为啥俺的管不好"，浇水中间的空当聚在一起谈的都是木耳，经验就这样一点点交流出来。

"后来为啥做棚了呢？"咸嫂子故意卖了个关子。

我的脑海里，东北和陕南木耳产业发展的两条脉络瞬间清晰起来。听得实在入神，便催她快说。

因为俺们遭遇了一次特别大的打击。2011年，连着下了十几天的连阴雨，根本没法晾晒。那年我们做了7万多袋，雨前收了1000斤，雨后收了1000斤，损失相当大。

俺们就寻思，咋样能错开7月份的雨季，让木耳提前上市，这样卖价也高。正好老杜去隔壁东宁县收木耳的时候，看到有大棚，这才有了参照。当时我们除了自己做木耳，还在市场上租床子贩木耳。

大棚看着很新颖，但人家不给教咋样扣（建）大棚哇。老杜就一趟趟跑去观察，拍了照回来一点点研究，然后又去天津大邱庄买原料和配件，因为东北钢材市场价格太高。也算走了些弯路，花了一年多时间才试验成功，在村里是头一家。

相比俺们创业的艰难,咱这儿的老百姓简直是太享福了。政府都快成保姆了,把棚建好,菌包拉来,还专门聘了俺们来教技术。但还是有人出去干一天活回来才到棚里看看,想着摘够7钱耳子就与自己无关了。俺也是农民,咱还要有点志气呢么,这样肯定要不得。

这些话说到火儿心坎上去了。

他找来一份今年村股份经济合作社和村民签的"借棚还耳"合同,我根据条款列了两组算式:

A组:设一袋菌包采摘干耳子数量为1两,市场价为3元/两(每袋交够7钱以上参照此公式计算)

承包户收益:0.7元(固定补贴)+[1两×3元-2.3元(菌包成本+集体损耗)]×70%(盈余部分返还给个人的比例)=1.19元

村集体收益:[1两×3元-2.3元(菌包成本+集体损耗)]×30%(盈余部分集体留存比例)=0.21元

B组:设一袋菌包采摘干耳子数量为7钱,市场价为3元/两

（每袋 7 钱及以下参照此公式计算）

承包户收益：0.7 元（固定补贴）

村集体收益：0.7 两 × 3 元 − 2.3 元（菌包成本 + 集体损耗）

= −0.2 元

从公式中不难看出，承包户旱涝保收，而村集体的收益主要受市场价格、菌包成本以及承包户所交干耳数等三个变量影响。前两者难以控制，干耳数又受到菌包质量、日常管理、采摘、晾晒等多方面因素的影响。

"产业才起步哩，菌包咱暂时没收过老百姓一分钱，风险都在集体头上担着。"连日来，火儿为调动承包户积极性这个事煞费苦心。他想叫大伙都能认识到，个人和集体是紧紧牵在一起的。

咸嫂子宽慰他，只要管理上别松懈，按着目前这个长势，平均到个八九钱应该问题不大。

"其实从长远看呀，光搞栽培还远远不够。俺们那边菌包生产、栽培、销售都掌握在耳农自己手里，能把每个环节的成本控制到最低，这样的话即便有一天没了政府补贴，农民照样赚钱。"

"菌包你们自己能生产？"火儿惊奇地问。

"当然能。最早各家各户都是自己做，后来一个村保留一两个小作坊，来料加工。俺家老杜从前还穿着白大褂自己提炼菌种呢，不稀奇。"

03

我迫不及待想见老杜一面。

"田苗马上就来接咱，到时候一定能见上。"咸嫂子喜上眉梢。

田苗是小岭镇的木耳专干。全县跟她一样身份的总共有10个年轻人，都是通过了选拔考试的大中专毕业生，分布在各个乡镇。技术员大会定在晚上开，估计也是考虑到这些"田秀才"白天还得下基地。来了这么久，我发现金米村"两委"开会也是这，大都放在晚上。

跟正森打过招呼，我们便上了田苗丈夫开的面包车。正如咸嫂子所说，田苗很是开朗爽利，开会前还不忘补了个妆，完全看不出她已经是两个孩子的妈妈。她的丈夫性子沉稳，妻子说话的时候，脸上总挂着笑。

自打水阳高速通车，金米村头顶上就是凤凰西收费站，上高速下高速，到县城也不过半个钟头。三个女人好像才刚聊热络，就到地方了。

柞水县特色（木耳）产业发展中心也就是俗称的木耳办，办公楼坐落在乾佑河畔。商洛市各区县大都有河穿城而过，政府便沿河修建公园，中途设凉亭。仲夏之夜，天上繁星点点，地上河水汤汤，众人扶老携幼，各寻"趣"处，好不热闹。

此时这座楼里的人却忙成一锅粥。我们几乎是卡着点儿到的，根本来不及认谁是谁，便有办公室的年轻小伙儿到处唤人。我只是在被人引着去往会议室的路上，才见缝插针问到，这木耳办总共有19个干部，今天都在。

会开了三个多小时，我并未能听完全程。不过近来村上遇到的各种技术问题，坐在主席台上的人都有提及。

一散会，一群人便把一个中年男子往咸嫂子身边拉扯。此人中等个儿，小平头，脸被灯光一打黑得发亮。"老杜，媳妇都来了，好不容易团聚一次，你俩今晚就留在县城别走了。"

咸嫂子犹豫了片刻，说她还是回金米吧："中午洗的被单还晾在外边，别叫风给刮跑了。"众人见起哄没能得逞，便悻悻散去。

街道上连车都少了起来。我揣了一肚子的问题，也只能留待另约采访时再问。咸嫂子和田苗在车上没头没尾地聊着,仿佛在谈论今天谁挨训了。

大约因为天太黑,车走错了道。田苗调皮地眼珠一转:"干脆带你们走一回省道,颠颠簸簸的还不容易犯困。"

一个大弯拐过去,人果然是清醒了不少。凉风顺着车窗溜进来,夹杂着田野里花草的香气,我和田苗一左一右挎着咸嫂子胳膊,饶有兴致地问她:"嫂子,你这么漂亮,老杜当初是咋追上你的?"

咸嫂子捋了捋头发,说:"老啦,还漂亮啥。俺年轻那会儿梳一根大麻花辫,散开来一只手都攥不住。可惜前几年做木耳时把头发绞到机器里,头皮都扯下来好多。不过你看现在又长上来了,还挺好。

"你们别不信,老杜他家位置挺偏僻,在山沟沟里。俺娘家属于珍珠山乡,那可是大平原。老杜村里的人有闯劲,瞅准时机搞起木耳,很快成了有名的'南沟保安村',沟里变得比平原吃香。也就俺俩结婚前后那两三年吧,村里的光棍问题基本都解决了。

"说起来挺好玩的。俺嫁过来以后,老杜就带着俺家人做木耳,俺爸俺妈开始还不大乐意,嫌起早贪黑的。有次把俺爸搞得火挺大，发誓明年就是要饭都不做木耳了。结果那一年挂了7000袋，挣了1万多块钱，他又说，挣了钱还是要做的。

"俺经常给金米村的人说，木耳可以养老，你们都好好学，这一点不骗人。俺们那儿有老太太就靠捡废菌包皮儿，一年也卖不少钱。咱不说多的，老两口一年挂上2万袋，从从容容就把油盐酱醋钱挣着了，根本不用伸手问儿女要。"

咸嫂子突然问我："俺平常说话是不是太直？但咱这儿人干活比起东北还是差着点，有的跟玩儿似的。要都像邹定富老爷子那样的，把事当事，那才行。俺就真心想让这儿的人都能多学技术多挣钱，哪怕半路把俺撵回去都成。"

我紧紧攥起她的手。

已经能看到路边"财富湾"的标志牌了，我问咸嫂子，知道财富湾的由来吗？她摇头。

我说，从前呀，交通不方便的时候，从湖北运上来的盐，经山阳县漫川关到凤镇，再经蓝田才能运到西安。走这一路，财富湾是必经之地，于是陈姓人家就开起了供往来挑客歇脚的小客栈。

"如果要找旧址，下铺子在陈庆海家，上铺子在副支书陈明明家。"我一说完，咸嫂子还真往窗外瞅。夜里不好分辨谁家是谁家，只晓得都跟那连片的地栽木耳挨着。

田苗两口子送我们到村委会门口，没想到一楼便民服务大厅里灯还亮着。我和咸嫂子蹑手蹑脚走过去，发现正森穿个大花沙滩裤，靠在椅子上像头熊一样睡着了，车声也没能把他吵醒。

我轻轻叩了叩门。他猛地惊醒，站起来揉着眼睛："你们回来了，那我回厂子睡觉了。"

木耳博物馆

01

咸嫂子跟我说，柞水有座木耳博物馆。我听了挺新奇。

"你要是想看呀，俺骑电动车驮你去，就在西川村，老杜正好住那儿。"我和咸嫂子一拍即合，两人戴上帽子，绑好围巾，就像去走亲戚一样出了门。

这西川村我五年前曾去过。那会儿西川正在打造木耳小镇，一到周末县城里好多人去看稀罕，挤得一条沟是水泄不通。

我至今还记得，去采访那天特别冷，我穿着一双过膝的靴子，手指僵硬到握不住笔。村支书心细，把村委会里唯一的炭盆搬到我跟前。但田间大棚里的木耳却出得甚好，一朵一朵的，像黑色的云。

"那就是俺家老杜他们帮忙建的第一个木耳基地，你去的时候他肯定也在，如今咱们又遇上了，这可不就是人和人的缘分。"咸嫂子擎着车头，我搂着她的腰，她不敢转身，风把她的话吹到我耳朵里，暖烘烘的。

突然，一辆大卡车从一个斜坡上冲出来，拐了个急弯从我们身边呼啸而去。我回头望了一眼，估计那是大西沟选矿厂的车。秦岭生态环境整治，大多数的矿山企业都停着。

再往前走，大车仍是一辆接一辆。拉的却并非矿粉，而是建筑材料。之前听说"金米村—胜利村木耳环形产业带"配套桥梁工程已经完成招标，这就是了，一路走来确实看见有大桥在施工。

两相对比之下，昔日作为县域经济一大支柱的矿山产业在收缩，木耳、林下经济和旅游这"一主两优"产业的版图却在不断扩大，而且木耳和旅游仿佛有着天然的亲密关系。

"看来这条产业带有望成为新的乡村旅游线路。"我喃喃自语。

咸嫂子应该没在听我说啥，她只顾着降低车速："坏了，电动车只剩两格电了，这家伙驮俩人老费劲。"

正发着愁呢,老杜像是算准了时辰,穿过河畔的柳树林闪到我们眼前。我只是笑,"牛郎""织女"相会,两辆电动车摆一起也跟孪生兄弟似的。

咸嫂子叫我换到老杜车上,40多公里山路总算有惊无险。

老杜一口气骑到一家名为秦峰农业的公司门口。我正纳闷,他找人要了钥匙来,伸手指道:"馆儿就在厂子里。"

推开门,满墙竹简上洋洋洒洒地刻着《木耳赋》。看简介,作者张智退休前是柞水县政协副主席。真就巧了——"小李子"曾给他当过司机。

"小李子"之前可没少跟我炫耀:"我这位老领导,只要一进新华书店没有俩小时根本出不来,出来肯定扛着一捆子书。"

照"小李子"所说,他上到初二就因为母亲病重而辍学回家放牛,后来虽然在部队上也立功受奖的,但要说到文化知识,张智可算是他的人生导师。否则,他难有机会成为金米的驻村干部。

一转身,咸嫂子和老杜早已跳过一串关于食用菌的历史文化介绍,直奔琳琅满目的展品而去。

我的目光朝墙上匆匆扫过。有介绍说河姆渡遗址曾出土过菌类,《神农本草经》记载了黑木耳"凉血止血,和血养荣,止泻痢"等医用功效,另有些关于食用菌的文献和诗文。

木耳食谱被印得老大,一张一张高高挂着。冷热荤素、炒菜汤羹,甚至水果都能和木耳搭配。我全拍下来传给正森,前不久在西安搞建材生意的胡胜峰来找他,说想返乡办农家乐,他提过一嘴"木耳宴"。

"快往里走哇,里头可好看啦。"

"你别喊,跟刘姥姥进了大观园似的。"

整个博物馆里就我们仨人,空悠悠的。经咸嫂子一喊,大厅中央搭建的生态模拟墙像是活了:松鼠穿梭于林间找橡子吃,毛木耳、姬松茸、白菇等从腐木堆里冒出来,"万山丛树多,土人伐木生耳"[①]的情景仿佛复现。

当然最令人惊叹的,还是馆里收藏的食用菌标本。黑、玉、金三色木耳自不消说,更有猴头菇被制成菌艺,毛乎乎的。竹荪、鸡𡎚菌、木灵芝,这些叫得上名字和叫不上名字的菌类,活体被置于透明罐中,总共有68种之多。

"据说我们国家食用菌的产量能占到全世界的70%以上,咱们看到的这些菌种估计都能人工栽培,但要论产量,黑木耳绝对在前三。"

[①] 明嘉靖《陕西通志》载。

老杜一开腔,我突然想起来,还有正事要问他呢。

02

我想让老杜讲的,是木耳菌包的具体做法。因为此前村里跟菌包厂有点小纠纷,村上有了自己生产菌包的想法。

这可能有点强人所难,毕竟多多少少会涉及老杜的"核心技术",但没想到他连一丝犹疑也没有就和盘托出。

要做菌包,得有培养料,还有菌种。

菌种分为三级,母种、原种和栽培种。我们一般是从黑龙江省科学院微生物研究所买一批母种,然后在接菌箱里转接成原种,等菌丝发酵完成后再转接成栽培种。这个过程比较复杂,但如果是文化底子好的年轻人来学,上手也快。

再说培养料。你记着,任何书本上讲的东西它都有一定出入,我们在实践中不断摸索尝试,最终是这么一个配比:木屑80%,麦麸16%,豆粉2%,玉米粉1%,石膏0.5%,石灰0.5%。

装菌袋时记着留上10厘米,这样不容易袋料分离长青苔。然后给它放锅里,蒸12个小时进行常温灭菌。

做菌包的早期，都是用木棒插着，跟打枪一样，把液体菌打进去，现在也有用固体菌的。完事后塞上海绵，它就是木耳代料的嘴巴。

22℃到28℃养菌一个月，看着菌包从黄变白，这样菌丝就长满了。二次复壮大概需要15天，温度保持在26℃左右。

之后送棚，路上很可能会破坏菌丝，所以堆放一周再开孔。开完孔暗光养护一周，菌包见光出芽，上边起黑线，五天左右出到50%到60%，就可以挂袋了。

说到挂袋，我曾看到过一篇发布于2012年的新闻报道，讲的是黑龙江省东宁县一个名叫汪兰成的农民，钻研出黑木耳挂袋的新方法。

我常在各处大棚里转悠，这种"把三根绳子的两头系好，然后一个一个把木耳袋套进去，中间用几个自制小铁圈进行隔离"的挂袋方式，省时省力还不易传染杂菌，正在为柞水耳农所沿用。

"选育菌种那些高精尖的事咱农民弄不了，但好多关于木耳栽培的技术都不是说有专家给教的，反而是农民自下而上推动的。没事就动手捣鼓、琢磨，搞成功了大家你传我，我传你，就自发地推广开了。"

老杜说着把我让到整个展厅的最后，那里挂着一幅柞水县木耳产业布局图。上面用一个个"黑芝麻丸"标注的，就是县里的木耳生产基地。我数了数，总共有近70个，大体沿河流分布，遍布全县9个镇办。

"可别小看农民的智慧。"他指着图上牛背梁脚下一个叫龙潭的村子，说这里的农民种植木耳的劲头不输给东北，"他们也不知道啥叫菌包开盖技术，也没人给教过，就是有村民好奇，在地栽的末茬子上做试验，结果弄成了。"

"在这儿几年吧，说心里话，我真挺看好柞水木耳发展的。首先气候环境资源好，海拔呀、水质呀都好，尤其昼夜温差大更能刺激耳片增厚增黑，比起东北木耳口感更软糯，这点得天独厚；再一个政府扶持力度大，推进速度很快。

"缺点也有，比如商品化意识还不强，我们那儿品相最好的'无筋菜'能卖到70块钱一斤，咱这儿的管理水平暂时还达不到。不过话说回来，木耳产业在东北毕竟已经积淀了30年，不可能一口就吃成个大胖子，对不？"

老杜说话的时候，咸嫂子一直在旁边默默看着他，不插一句话，不知她是崇拜这个人呢，还是崇拜他的木耳技术。真希望,在柞水,在金米,将来有更多的年轻夫妻能像咸嫂子和老杜这样,可以因木耳而结缘……

03

回金米要从县城边上过,好容易出来一趟,有几个人得访一访。

我请了县委组织部的干部帮忙,约访科技部在柞水挂职的副县长吴根。正是因为有科技部的牵线搭桥,黑木耳代料栽培才得以从东北到秦岭之南生根。

不太巧,他回北京办事去了。

好在木耳办管事的几个干部都在。老杜的"顶头上司"、副主任汤景涛,联系上的时候他还在下乡,赶到晚上八九点钟见了一面。主任廖小锋曾在牛背梁管委会工作过,对乡村旅游颇有心得。最后见到的是县农业农村局的副局长张涛,他不久前刚获得一份荣誉——陕西省脱贫攻坚先进个人。

三个人聊的内容始终没有绕开一个主题:柞水木耳的未来。(以下整理稿糅合了三段访谈内容)

木耳产业发展的初期,老百姓普遍缺资金,也怕赔钱,所以我们给村集体经济输血，把有实力的企业引进来生产菌包，搞起"借棚还耳"，先后有3138户贫困户依靠木耳稳定脱贫。

今年我们的栽培规模达到9000万袋（1.5亿袋饱和），可以说量上的积累已经接近最初定下的目标。下一步想要做的，就是趁着好势头把质做上去，延链补链，打造柞水木耳公共品牌，形成柞水木耳标准化体系。

关于柞水木耳如何高质量发展，县上有一个整体构思：木耳深加工、木耳仓储、木耳电商物流，这些工作都已经铺展开来。西川的木耳小镇、金米的柞水木耳大数据中心等品牌形象展示窗口，每年来研学游的、观光休闲的人不在少数，逐渐形成旅游集群。

我们还有一个设想：将成熟的柞水木耳生产基地发展模式向陕南周边县输出，做柞水木耳母子品牌，搞"飞地"经济。其实这也是三产的拓展，因为我们输出的是智力成果。

金米碰到的"菌包之惑"，这几位干部也曾谈到，不过他们想得更多的是木耳产业升级上的事：

当然我们想得很好，做得还不够。县上特意请来吉林农业大学的专家教授,进行大量走访调研后,撰写了《柞水县食用菌产业发展战略规划》,指出菌包生产成本高、部分农户栽培积极性不高、木耳销售还未形成市场化、菌渣利用率较低等问题。

产业发展到现阶段,我们已经考虑在菌包生产中引入竞争机制。现在五个菌包厂为中博公司一家企业所有,价格、质量上不好把控,政府说话余地少。鼓励有能力的村子办小型菌包厂,也可以是村集体经济跟企业合作,参与到产品分选、包装等环节,实现双赢。现在村干部中头脑灵活的已经开始弄了,先发展一批,带动一批。

同时,产业的发展也应该是多元化的。有些比较偏远的地方,群众栽培木耳的积极性反而特别高,不一定都是集体经济主导,也可以是能人大户带动。

其实现在已经有了一些新苗头,有年轻人返乡承包基地的,有的想留下来搞科研,像在本地几家农业公司里上班的,很多是20多岁的年轻人,也是一股力量。

听完这些,我不禁感慨:木耳从传统的段木栽培到代料栽培,不过短短30年,但农业产业技术的发展跨越时空,给脱贫攻坚注入一剂强心针。在乡村振兴洪流中,这一从传统农业中发芽又拥抱现代工业生产技术的产业,仍在找寻更多的适生土壤。

回到金米,整理完录音已是半夜。门外中博公司的几个木耳大棚里,浇水声一直没停,和蛐蛐的叫声混在一起,像夜的交响曲。

几天后,中博公司的一位姓赵的经理到金米出差,我有机会进到工厂里参观,柞水木耳大数据中心也设在这里。

没有赶上菌包生产的当口儿,只看了一条木耳分选的流水线。领头的师傅胖乎乎的,说是从建厂就来了,带着三四个徒弟熟练地把有霉点的木耳、流耳、杂物一点一点挑出来,然后传送到专门的机器上过筛。

"货卖一张皮。你看这正面黑而且透明、反面发白,拿到手里一块钱硬币大小的,这都是给高端餐厅送的货,泡开了形状就像个元宝。超市里要的货尺寸在1.5到1.8厘米之间,太大的卖不上价。"

单看这些设备和熟练工,村集体恐怕一时难以具备这样的实力。

我没有绕弯子,问了赵经理黄耳子的事。他也没回避,说今年县上盖的暂存库质量太差,冻包了。再谈到菌包价格贵,他也是一肚子苦水。

"你不知道,我们卖给村上是两块钱一包,其实成本已经达到了一块九毛钱。损耗、折旧成本、贷款,不可预估。"

"那如果下一步村上自己生产菌包呢?"我问。

"我们目前的生产能力足够啊,1亿袋,村上没有必要自己生产菌包。"他很错愕地看着我。

第二章

我们国家真正强大起来了。我的心情久久不能平静,我的眼泪都快出来了,我的心是滚烫的……

余村取经

01

"正森,你狗日的出门绝对没看皇历。"副驾驶座上的方翔宇使劲拍了一下自己的大腿。

伸手瞧不见五指的雨夜,我们一车人被困在信阳西服务区,紧张地等待着一场新闻发布会。安徽省六安市人民政府的疫情通报,将最终决定我们何去何从。

这台七座商务车是正森借的,早晨才从西安送到金米。正森把最宽敞的两个座位留给了我和村委会副主任[①]赵艳,她怀着二胎,已经五个多月。

火儿跟他的"左右护法"——副支书陈明明和监委会主任江长宏,三个大男人窝在后排太久,许是腿麻得紧,一个连着

[①] 金米村"两委"班子设有两名村委会副主任。

一个蹦出车门抽烟去了。

带村"两委"班子出来学习这事,正森谋划了可不止一天两天。

上个月安徽省六安市金寨县大湾村来人到金米,正森是一边把人家当贵客热情招待,一边把搞茶旅融合的事角角落落都问到了。

正森这人自来熟,又在安徽念的大学,越说越亲近。临返回送上车时,大湾村的干部抓着他的手久久不放:"李支书啊,有时间一定去我们村看看。"

人家前脚刚走,正森就开始盘算去大湾村开开眼。当下的金米,光闷着头种木耳路子有点窄,即便是种木耳也该有一些别的种法吧。正森迫切想知道,再说村干部们也是时候该充充电。

金米村里谁都知道,正森一旦下了决心,十头牛也拉他不回。关键他又不是那顾头不顾尾的人,自从他动了外出取经的念头,就把出门的事里里外外盘算了好几遍。

出发的时辰选在星期四中午,掐着点儿。倒真不是因为啥黄道吉日,而是正好能跨上周末。这一走就是整个村班子,正森给镇党委书记安怡打过包票,"赶下周一大清早肯定站在金米的大广场上"。

机会难得,大老远跑几千公里单去看一个村显得"不划算",因而正森顺着一条线又添了一个地儿——浙江省安吉县余村。那是"两山论"①的发源地,正应着金米时下的发展方向。

正森算过了,紧着跑,时间刚刚好。

昨晚上他把小组长们叫来,说最近环保督查抓得紧,清理河道垃圾的事都别拖拉。临行前不放心,又把"小李子"和村文书王极华喊到一块儿叮嘱:"有来村上考察学习的,千万把茶水啥的给人家供上。"

小岭镇上包金米村的方翔宇,八成是被正森强拉入伙的。他这周住在镇政府值班,根本没来得及回家换衣裳。

手头上繁乱如麻的事还没处理完呢,正森又来催。方翔宇苦瓜着脸,说起码容他回去换身行头行不行。"唉,星期天基本上就没安生过,这回少不了又叫我挨媳妇一顿训,生个娃就是给她一个人生的。"

正森只是"噢"了一声,一点没动心。他请柞水县委宣传

---

① 2005年8月15日,习近平同志在余村考察时首次提出"绿水青山就是金山银山"的科学论断。

部发给对方的函上写得很清楚，这次由镇上干部带队，以显示这是一次有组织有纪律的参观学习。

在车上，他仍然不忘强化这一点，把短话拉长了说：

"我看大家都带了笔记本，这很好。我的要求是，回来以后每人写两篇心得体会，每篇不少于1000字，就写受大湾村、余村的启发，我们金米该如何蝶变。

"咱出去学习必须有效果，不能说像是去旅游一样。要眼观六路，耳听八方，更要保持空杯心态，把所有能学到的东西都带回来。

"而且每个人都要有关注的方向。乡村治理、乡村产业，你的见解是个啥？结合省上出台的文件，思考咋样提高处理村级事务的能力。后头咱们五个人分组入户宣讲，每个人都主持开一次院落会。

"我就希望啊，这五年不白干，让老百姓往后提起咱们的时候能说，那一届村干部给咱金米争气了。"

"你这货，一张嘴能煽得很。"方翔宇平常跟正森好得狗皮袜子没反正，嘴里骂，心里亲。

他自然知道这趟出来，正森还有一层意思：想要通过这段同甘共苦的经历，加深村班子几个人之间的感情。只有心往一处想,劲儿才能往一处使。

一路上,两人一个捧哏,一个逗哏,弄得车里气氛很活跃,士气也是高涨的。

但谁又能料到,六安市的疫情突如其来,犹如一只拦路虎,给了金米村"两委"班子一次结结实实的考验。

一车人停在信阳西服务区,总算熬到了新闻发布会召开,情况并不大好。因为牵扯到一次影楼培训,密接者甚多。

黑夜里看不清正森的表情,但我笃定他绝没放弃。他不停地给金寨县一位宣传干部打电话,现下哪怕有一丝去的希望,他恐怕都会牢牢攥在手心里。

其他人沉默不语,只有方翔宇很严肃地劝他权衡利弊:"这风险不敢冒,万一咱们被隔离,村上一摊子事咋个弄法?"

正森一个人走到一边抽了根烟,回来时下了决心:"咱们连夜绕路直奔安吉,敢不敢?"

火儿他们争先恐后地围上去表示:"听支书的。"

再钻回车里,一整夜我都撑着眼皮子没敢闭,因为正森说在车里打哈欠会传染瞌睡。

后半夜,他驾着车风驰电掣的,导航按着自己的节奏,时不时提醒一下限速和前方有服务区。正森又把音响声放得贼大，要么一个人摇头晃脑地唱歌，要么把自己的脸打得噼噼啪啪响……

02

"快看，那是麦子吗？"

"这地方也长麦子？怕是稻子啥的吧？"

迎着清晨第一缕曙光，安吉县，到了。一群人清醒过来又开始叽叽喳喳，新鲜个没完。走一路却看不见房子在哪儿，都被树围着。

说来也巧得很，副支书陈明明的嫂子就是本地人，他哥自打结婚以后便留在了安吉，如今孩子都念高中了。

"所以我妈说啥都要把我薅回去。"明明耸耸肩。

明明语速快，像他妈；头方方正正的，像他爸。其实他家俩小子都念小学了，但他却显得比小他3岁的正森还嫩些。他和赵艳一样，都是因为懂电脑，前几年被"挖"到村上帮忙，这次换届进了村班子。

他这话倒叫我想起来，上回我去参观明明家的别墅，明明妈给我传授人生经验："两个儿，不能都叫出去，要是老了身体不好，出门去看个病都不方便。"

明明家的欧式小洋楼，跟风景画上拓下来的一样。要是拆开来看，正好哥俩对半，另半边常年挂着锁。据说原本里面设计的是转角楼梯，明明妈为了好收拾卫生，堂屋依旧照老宅摆设，墙上挂着中堂画。

"我爸自18岁过继给他大伯父，先是住草屋，每年都要补房顶，我妈就说，'草屋一间，子孙不安'哪。后来翻盖了瓦房。因为我家姊妹多，第三次又续了两间土房。第四次才有现在的楼房。"

闲聊着，明明托他嫂子给订的酒店到了。

下了车，脚板僵得跟踩在棉花上差不多。正森在路边随便找了个早餐店，先安顿大家填饱肚子，然后领过房卡各自休息。

一觉醒来已是下午。正森提议，先"潜"进余村探一探，明天跟余村干部正式见面交流时也好有的放矢。

从县城出发，钻了一个山洞，也就十来分钟工夫便抵达余村村委会。村委会对面是一个大型停车场，许多"小红帽"正一拨一拨被挂着耳麦的讲解员领走，比起金米的热闹程度有过之而无不及。

余村的地形跟金米很相似，也是两山夹一川，只是方向上是东西走向。再者川道十分开阔，远远望上去漫山遍野全是竹

071

子，路边还有大型的竹编艺术品。

绿水青山，景致自不消说，最令人咂舌的是房子。我原本以为明明家的别墅就够阔气了，到了余村，别墅是肩挨着肩，手牵着手，一眼望不到尽头。

而且家家户户的庭院都是开放式的，游客完全可以信步走进去参观。我们逛到一栋地段极好的房子，上边挂着块"余村共建合作馆"的牌子。守铺子的大姐是余村村民，但她跟城里的店员没有任何区别，每月领工资的。

听说我们一行人从陕西来，村子里搞木耳，她热情地引我们到二楼。"你看，我们安吉对口支援的县里头也有产木耳的，他们的产品我们都有，摆在这里销路蛮好的。"

一群人目不转睛地盯着展柜搜寻，有四川省凉山州的，也有吉林的，不下上十种木耳。大伙七嘴八舌地说：从前并不知全国有这么多地方都产木耳，可见人不能坐井观天。

出来再往前走。上坡路走得人身上黏糊糊的，大家便商量找个地方歇歇脚。正好转到一个岔路口，瞥见一处庭院十分雅致，院子正当中挺着一棵大树，树下还绑着秋千架。

门前竹椅上歇着一个老太太，正森摇着刚买的蒲扇上前搭话。没想到，老人不仅招呼我们在石凳上纳凉，还进屋泡了一壶新茶，端出来一杯一杯倒好。

"阿姨，你这院子花老多钱找人设计的吧？坛坛罐罐都用得巧妙。"正森向老太太竖大拇指。

"没花钱。村上说只要是愿意拆了围墙开放庭院的，有上海的设计师免费来给设计。我老了，不做主，儿子是党员，带头响应。你看，弄得真挺不错。"

老人浑身上下散发着一种悠闲惬意，说着就要拉我们进门参观："这半边，是个酒坊，我们老头子家祖传的手艺；那半边，儿子申办了个供销社，他帮着村里村外几十个残疾人卖茶叶，政府给这些人分的有毛竹林里的白茶树。"

我嗅了嗅柜台上的样品，茶叶确实散发着一股子竹叶的清香。

略停留了片刻，村里的垃圾车"哼"着曲子停到门前。老人娴熟地分类投放好，朝司机招了招手，车鸣了声笛往巷子深处去了。

我惊叹："村里人都能做到像您这样吗？"

"这里头有芯片，谁家分不好要上黑榜的。"老人敲了敲垃圾桶，"如果分得好，可以领到厨余垃圾加工成的花肥，蛮好用的。"

我记起来，刚在村委会门口看到一张"垃圾分类网格化管理图",跟我在金米看到的那张"党员中心户帮带示意图"结构很像,四个网格负责人下面有若干网格员,每个网格员联系7户左右的村民。只是上面多了一层总网格长,其实就是村支书。

歇得差不多了,正森催我们起身走。余村负责对接的小牟得知我们在村上,便约好碰头。

03

小牟是余村土生土长的姑娘,90后,嫁了人也没出村,现在是村上的一名储备干部。因为一会儿还有一拨客人,小牟不好意思地说只能领我们挑着看。

先去看的村史馆。如此大规模又资料翔实的村史馆,估计就是待上一天也只能观个皮毛。

我注意到,余村有280多户,山林面积6000亩、水田面积580亩,这跟金米差不多,也是山大地薄。但现实情况是金米的经济跟余村差一大截,余村2020年人均纯收入为55680元(是15年前的6倍),村集体经济收入724万元。

有意思的是,如果把余村自2005年来的村集体经济收入连点成线,这是一条有上有下的"波折"曲线,从2012年才开始实现稳步增长，2019年到2020年增长了200万元。

小牟见我疑惑，便解释道："早些年村集体收入主要靠开矿办厂，90年代达到300多万。但长时间炸山导致村里环境特别差，毛竹枯黄，矿难频发。从2003年开始，村上关停矿山、水泥厂，转型发展休闲旅游，所以你看到那几年收入是起起伏伏的。"

她指给我看水泥厂整治前后的照片：一边是浓烟滚滚，另一边是绿草茸茸，令人感慨不已。

正森他们也围了过来，感叹这趟考察真是来对了，余村的资源禀赋和发展路径，跟金米确实像。

小牟看了一下手表，还有点时间，问要不要再去村委会看看，正森求之不得。

路上他又开启了"连环问"模式："村上商店里有卖竹席竹凉鞋啥的，但咋没瞅见加工厂？"

"我正要对你们讲。关停矿山以后，村上将原本分布在各处的竹制品加工作坊迁到统一规划的生态工业区，因为有一道工序对水源是有污染的。然后再逐步压缩其规模，直到有污染的企业全部迁出余村。"

正森越听越亢奋，跟小牟打听起村里旅游是咋样个搞法，具体都有哪些进项。有些问题小牟能答得上来，有些她表示自己也不清楚:"等明天见了俞书记①可以问他,村上的事他门儿清。"

经过停车场时,小牟顺嘴说了句,这个也是集体的产业,每年有30万左右的收入。

进到村委会里,一楼是大格子间,几乎看不到上墙的制度,桌上纸质版的文件资料也很少,楼梯拐角摆了一个快递柜。"村里头有一些行动不便的人,这里谁空闲下来就帮着给收发一下快递。"

往二楼的党员活动室走,靠墙是一排深棕色的木柜,村上54名党员每人都有自己专属的小格子,里面整齐地摆放着书本、志愿者马甲、专用水杯。

"主题党日活动,有技能的党员会为村民理发、修钟表,很热闹的。"

"这活动记录表上的'视为参加',是什么意思?"赵艳跟了半天都没说话,突然冒了一句。

"噢,你问这个呀,这项是专门为瘫痪在床的老党员设的。他们是因为客观原因不能到会,列入'未参加'未免缺了人情

---

① 余村党支部副书记俞小平。

味,这也是组织对每名党员的关怀和尊重。"

不知不觉已是下午5点多钟,小牟的客人到了,她匆匆和我们告别,约好了明早不见不散。

回去的路上,除了正森一直在本子上写来画去的,明明开车,我们几个都在瞧风景。

天边的云团中央像被谁擦亮的一块玻璃,映出来的影像一会儿是一个戴帽子的绅士——长长的鼻子、圆圆的眼睛,一会儿又变成了两只互相伸出的手臂,而后又变成两个上下叠着的厚实的手掌。

本以为累了两天一夜,晚上就能早早歇了,谁知道刚吃过晚饭,正森就召集众人开会。明明实在体力不支,告假回房睡了,其他人很快带着本子围坐好。

"小牟已经跟俞书记约好,明晚给咱讲一堂课,课时费是3000块钱。这是人家村里的官价,给开发票的。

"我想啊,只有一个半小时,沟通的时间极其有限,现在咱们好好讨论一下,明天有哪些问题要问,咱发展的困惑都在哪儿,咋样问才能讨到更多的经验。"

正森说完,又补了一句:"先闷一下,不着急。"不过他很快点名叫火儿先说说。

077

火儿紧张地抹了一把脸,然后指着自己的头说:"呀,我这个文化水平、年龄,今天跟着就像瓜子听书一样。正森,你年轻,咱一定把希望抱回去,要对得起金米的老百姓。"

正森懂得火儿的心意,又叫大伙转着圈说,也都没说上来啥具体问题。"那就谈谈初至余村的感受和启发。"

长宏上来先说了四个字:"精、净、细、实"。"我们感觉这里天热,但人家的保洁员还在扫马路,村里一个纸片都见不到。而咱村的保洁员,路边草丛里有垃圾都怕弯腰去拾一下。总归啥事都必须落实到'人',实实在在干一番事。"

赵艳跟着说:"我随手翻着看了,余村党员的书本上都有勾画的痕迹,说明人家的党建不是在应付检查。对比咱村上,有的人开会连笔都不带,还得叫极华挨个发。"

"对着哩。"长宏附和,"再一个,咱要从群众的利益出发,寻求政策支持,抓集体经济。金米现在不能再等了,必须要在三五年内有一个大变化。"

"这些东西我们都能想到,问题是突破口在哪儿、怎么落实想法。我们的思维比人家落后十几年。"火儿显得有点急,抓耳挠腮的。

方翔宇盘腿坐在床上,接着火儿的话头:"突破口就在基层治理,我们的村民觉悟其实也挺高的,发动群众,自己的村规民约自己制定并执行。

"再一个，把集体经济主动权握在村手里。政策支持不难，镇上的初心肯定是想让金米更好，但话说回来，镇、县、市、省各级的人来调研，也不一定能把情况了解得那么细，这就需要村干部首先做到心中有数，要能说清你的发展方向到底是个啥。

"乡村振兴，始终绕不过集体经济。头几年可以亏，但不能长期亏。要研究收益分配，叫村里人得利，能挣到钱啥都好说。原先郭家庄说金米好的人很少，现在这个组的人尝到了甜头，夸村干部好的人多多了。"

正森见大伙说得差不多了，他打算来个总结。

"我希望余村是十年后的金米。我的想法，金米那么大个摊场就是咱的舞台：把一产交给国家级的龙头企业来带动，进而带动全县的木耳基地；村上可以花费更多的精力在服务业上，整合资源，积极跟外头来的企业合作，市场还是要交给懂市场的人……"

"工商资本下乡是强势的，这中间的博弈可不是那么简单。你用啥手段保证主动权牢牢握在咱手里，而不是咱被人牵着鼻子走？"方翔宇问他。

"股份呀，51%，你懂吧？"

这两人又杠上了。我们几个打着哈欠，互相使了眼色，纷纷起身离开。只留下他俩，不知又要吵到几时。

04

课程晚上 7 点准时开始，俞小平事先准备了 PPT。

他按部就班地讲了四五十分钟："……我们对村庄进行合理布局，分为生态旅游区、生态居住区、生态工业区……"正森见他停下来要喝水，赶紧给赵艳使眼色，赵艳立马过去续了热水。

喘过口气，大家闲聊了几句，俞小平也不那么紧绷着了，拉着正森说："李书记，把你们村里的照片拿给我看看。"

正森赶忙掏手机。俞小平举到眼睛跟前左右翻了两下："你们现在跟我们 20 世纪八九十年代的样子很像，道路硬化太多，沥青呀，塑胶呀。"正森明显有一个失落的表情，但随即又笑着说"请俞书记指教"。

"每个村庄都有历史，不要把老的东西全拆除掉，那是根深蒂固的乡愁。不瞒你说，刚开始搞旅游我们也急功近利过，招的房地产企业，事实证明是失败的。

"也不要迷信专家，余村的丰水期、枯水期他们根本不调研的，花三天时间做个规划就想来骗钱，门儿都没有。还有什么网红玻璃桥呀，喝人家洗脚水的事情我不干。

"我们倾向于小而美的东西，坑坑洼洼能躲青蛙，就是好的。尽量种植简单易活的植物，环保又省钱。大量资金用来干吗呢？进行舒适度改造。洗浴、厨房、粪便污水管网分离，经过处理的污水又能灌溉绿化。

"其实你最了解你的村庄，要用'未来乡村'的概念设计，看到30年后的金米村。跟在余村后面发展的思路也是错误的。"

见所有人都埋着头在记笔记，俞小平忙说："我讲的也不用全记嘛，重在交流。"大家抬起头都笑了。

看气氛正好，正森便开口问："俞书记，能不能给我们说说余村集体经济是咋赚钱的？"

"旅游收入占大头的。我们的旅游经营，包括讲解服务、停车场管理等等，都交给了国有的文化旅游集团。村集体和企业签合同，每年按收益分成。

"目前我们还在布局漂流一类的娱乐项目，打算把村子靠里的一些房子打造成高端民宿，可以吸引上海、杭州的游客住下来。产业链的延伸，必须把它吃干榨净。

"另外，我们有 5200 亩毛竹林，林间有姬松茸、中草药、白茶树，每年也能给村里带来一些收益。"

这些话，都正对正森的思路，他面露得意的神色，又不时偷偷瞄手机看时间。

其实早该打"下课铃"了，见俞小平讲得高兴，小牟也没敢过来。正森见缝插针："俞书记，我看余村老百姓素质挺高，平时好管理吧？"

俞小平刚咽下一口水："在座的都是村干部，凌晨 2 点钟，村民正洗澡家里水管破了，叫你修你去不去？去呀，鸡毛蒜皮的事都得管。"

"那基层治理有啥窍门没？"

"发动老百姓参与进来啊。"俞小平挥了一下手，"余村有 11 名村干部，就是把你腿跑断你也不可能角角落落都看见，'四会'组织就是我们在底下的脚。"

所有人又奋笔疾书——

村民议事会，组成人员为老干部、老党员。这些人的特点是凡事都喜欢管一管，村上遇到重大项目决策等大大小小的事务，先叫他们发表意见，再召开村民代表大会，表决时就很容易达成统一。

道德评议会，组成人员为老教师、老医生。这些人的特点是有能耐、有威望，他们的作用发挥得好了，可以帮助村上及时堵住政策制定和执行的漏洞。

健康生活会，组成人员为妇女代表。这些人的特点是消息灵通，把她们变成村干部的"眼睛"，有利于村上及时掌握譬如吸毒、赌博这些隐秘进行的事，提早介入，降低全村的犯罪率。

红白理事会，组成人员为村民小组长等。这些人的特点是常年担任红白喜事的"总管"，在村民中认可度高，用"热鼓冷锣"代替"烟花爆竹"，就是由他们在村里推行的，每年能节省七八十万元。

正森听完后直感叹："这'四会'很多地方都在搞，从前只知皮毛，今天听得实在生动，这可不就是我们平常喊的'组织力'。"

"你说得很对。"俞小平赞许道，"2020年疫情期间，好多人在群里抢志愿者名额，没抢到的还不高兴嘞。老百姓就觉得，我是余村的主人，这个村大大小小的事情我应该支持的。"

俞小平大约是想起身上厕所，一看时间已经过了十一点半，不由惊呼一声："真是太不好意思啦,待会儿我请大家吃宵夜,小龙虾很美味的。"

正森一直和俞小平牵着手,从去夜市的路上到摊位上。

那一夜,我遇到了此生从未见过的大雨,被金米村和余村两位支书的赤子心肠深深打动。

分别时他们拉钩,说是一言为定,一起鼓劲。

"都管"

01

80 个小时,3500 公里,从余村回来的路上我身上起了两个火疖子。想必大伙都累得够呛。

但除过赵艳,她大儿子发高烧在县城住院,她请假去换她婆婆,其他人第二天全部到岗。火儿亢奋地不停念叨,"一定要把产业链上的东西都吃干榨净",正森开玩笑说他着了余村的"魔"。

樊家老汉因为菜园子的事找过正森之后不久,樊家老太没能救过来的消息传回了村里。二组小组长王晗不用人请，早早去了樊家当"都管"，主持料理后事。

有几个治丧的，借着吃席耍酒疯，因为中博公司的啥子补偿款还没到位，跑来村委会闹事。

正森和火儿都不在。上头刚给金米批了一笔专款，用来修建木耳分选包装生产线，这可是盼星星盼月亮才盼到的，他俩全去勘察选址了。

只有村文书王极华留守在村委会。这老文书在村上干了大半辈子，快60岁的人了，这种场面应付得来。

再者他是金米出了名的大孝子——他82岁的老母亲小脑萎缩，瘫痪在床多年，他不管有多忙，每天晌午一定会赶回家端一碗热饭到老人炕头，因此他在村里也极有人望。看到他脸一黑，那几个来扯歪理的人就低着头往回走了。

极华大叔说，待会儿他也得去吊唁一下逝者，邻里住了许多年，表达一份哀思是应该的。他忧心的是，移风易俗这个事从哪儿能起个头？

"柞水是个移民地区，从前都是经济条件不甚好的人，聚在一起不太争斗，退得多，忍让得多，有一种弱势心理，热情好客。但是注重人际关系的同时又特别重面子，这体现在民风上就是人情重。

"你看咱这里,都是亲戚套亲戚,闭塞又讲究,一个礼扯出十个礼。现在还出现一种怪现象,只收礼不还礼,甚至还有人打电话要礼。我亲眼见过有人锅都揭不开了,一边哭一边借钱还要送礼。

"生娃、搬家、住院,有人摔一跤都要去看。家里如果不买车的话,行人情的花费就是排在最前面的。我有时候说,吓得人连病都不敢生,又来人情了咋办?

"再说这红白喜事的攀比之风。老了人下葬现在还是要看日子,最多的要放十几天,一天2000多块钱的花销,外加请个道士1万多。去年饭桌上还是几块钱的猴王,现在全变成11块钱的烟。

"娶媳妇,从前只是给女方的姑舅姨买衣服,现在给红包,一个封6000块。四色礼,过去的一斤糖、一斤点心变成了高档烟酒。

"人人叫苦,人人又都不想从自己家里开刀。尤其是白事,办得寒酸了让人笑话,被人戳脊梁骨说对父母不孝。"

我问他,政府不是一直在倡导移风易俗吗?

"家里头有干部的能制约住,对于老百姓来说,这个事不好强制。"不过他又挺了挺腰板说,"只要有人做先例,我就敢跟。"

02

正森和火儿最近跑"外交"的频率明显高了许多,村里人倒是乐于见到他们这样。

尤其是退休教师瞿明亮,他也是个老党员,见着正森就撵着问:"又跑回来几个项目哇?"

这不,为了赶着去西北农林科技大学领"全国干部教育培训现场教学点"的牌子,正森和火儿两人从安康市平利县蒋家坪村开完乡村振兴座谈会,连夜晚奔到西安,舍不得住酒店,就在熟人开的澡堂子里窝了一宿。

正森是2017年陕西省"三区"人才支持计划科技人员培训班[①]的学员,跟西农继续教育学院的老师刘彬让相熟。

这次去,师生见面分外亲热,刘彬让半开玩笑又语重心长地给他说:"你不要怕人家比你强,比你优秀,你啥时候能叫回去三五个像你这样的年轻人,你娃就算把事干成了。"

[①] 陕西省"三区"人才支持计划科技人员培训班:由陕西省科技厅主办,西北农林科技大学承办,是"边远贫困地区、边疆民族地区和革命老区人才支持计划科技人员专项计划"的重要组成部分,参训人员为来自全省"三区"的科技一线工作人员和涉农企业负责人。

正说着，陈康已经来村上报到了。

村上缺个大学生村官，正森瞅准了大学毕业季的当口儿，在大会小会上做动员："谁家的孩子愿意回来村上干的，工资一个月2500，村干部里第二高，还能为考公务员积累经验。"

陈康他舅舅是三组小组长"老八子"，爷爷叔叔姑姑姑父全是教师，就连他当过兵的五爷爷也极力动员他回村当村官，告诫他"过了这个村没有这个店"。

原本他刚报了会计补习班，打算以后干税务师的，最终还是听从了一大家子人的意见。

"现在外面工作不好找，4000块钱底薪，租房加吃喝，不够花。我大四放寒假在财务公司实习过，发现在那儿干了三年的财会工资跟新人差不多，有点灰心。"

但陈康说，刺激他回来最重要的因素并不是收入，而是堂哥的婚姻大事。"我哥是干土木工程的，在公司已经做到了中层，但女方父母总嫌他社会地位不行。我打小跟我哥亲，他力劝我考公务员。"

别看村委会一天平平静静，其实这几年村干部手里的活路多得很。到村上头一天，可把陈康累得够呛。临时救助、粮食种植面积统计、社保卡登记，这些活一股脑全堆到他桌上，急得小伙子都不知道应该先干哪个。

前一阵，几个村干部凑在一块儿，说"上边千条线，下边一根针"，这些年线缠线，而针还是那一根，都快把针头磨平变成陀螺头了。也是，前几年村干部们都是"表哥""表叔"，这表格、那台账，把人陷到里面没时间搞别的事。虽然上边整顿处处留痕、层层填表，情况有所好转，但各类表、牌、卡、册依然不少。

正森跟陈康谈过，当务之急，他先要接手赵艳的工作，要不了多久赵艳就要临盆。正森是一直想把村干部分工的事理顺，但村上的实际情况，只能划分个大概范围，没法做到专人专岗。

陈康到得也巧，赶上村集体在卖耳子，他这一来可算是给火儿送了个好帮手。卖耳子这事，挺急。今年6月间金米遭遇了连续七八天降雨，雨前结的耳子因为不能及时采摘晾晒，导致流耳、长白毛的，铁定是卖不上价钱。

好在整个木耳季，县气象局都在实时发布气象灾害预警信息，而且金米有农田气候监测站，可以精确传输小地域的风速、地温、土壤水分，减灾很及时。

咸嫂子给火儿出主意："趁着东北木耳还没下来，市场行情好，把质量好的一批卖个高价，质量差点的就能找补回来。"

火儿把小组长们叫来开会,对比了好几家,还数东北客商出价高。呼啦啦一排大卡车往地头一摆,过秤、算账,370万元当场就钱货两清。

只是中间发生了件小事,让陈康好几天心里不舒服。

"我咋说都是村里的人,不可能自己人坑自己人呀,可过秤的时候村民都会来看一下,很不信任。更可气的是,耳子都装车要开走了,有人竟然偷偷从车上拽了一袋下来。后来人家客商发现了回来要,把尹主任弄得特别难堪。"

这便是有些村民的特点:时常憨厚,偶尔狡黠。

03

正森的未婚妻金霞要在西安动手术,他破天荒地请了一天假。

说起来,到金米这么久,我并没咋见过正森的家人。每次他说"晚上到我厂子里钓鱼走",但其实他几乎每晚回去都快半夜了,估计鱼塘里有几条鱼连他自己都不知道。

"可不是,他爸逮了两个猪娃,还是镇上干部搞统计,才告诉他的,要不然再过仨俩月他都不一定晓得这个事。"正森妈系着围裙,见着我来很是稀罕,喊正森爸,"赶快把鸡蛋皮子热了端来。"

跟正森妈聊起来我才知道，正森上头还有一个哥，在县上机关单位上班。"他念书比他哥强，胆子也大，大学毕业以后先是养鸡，后来又办香菇厂，折腾得没停。"

"但正森苦哇，十来年没咋交好运，挣了钱又投进去，没攒下。"说到这，正森妈叹气，"你说我正森要是个女儿，外孙都该上中学了吧？"

正森爸一手端着碗，一手提着热水壶走了进来，也跟着念叨："他的婚事我们还不敢老说，说多了他烦恼，不叫我们管。还是媳妇害病，我们说去看望一下，两亲家才见上面。"

一提起金霞，老两口抑制不住地欢喜。正森爸妈从前都是民办教师，很喜欢在村小教书的金霞。

金霞不仅人长得水灵，待正森也心实，正森身上的衣裳几乎都是她给买的。但她做手术，正森给转了3000块钱，金霞知道他钱紧，硬是不收。

"说到底，正森还是自卑他条件不好，张不开口提结婚。也是的，那么好的女子到咱家，不用亲家提，最起码得给娃在县城买套房哇。"正森爸妈越说眉头皱得越紧。

十年了，跟着正森，厂子里的啰唆活没少干，心也没少操，不知不觉间父母都已经两鬓斑白，老了。但正森是个乐天派，平常他是断不会提这些的。

正聊着,一辆红色小轿车开进院子。

火儿进门听见我们在说"买房",也猜出了个大概,开口便问:"还差多少?"

正森爸赶紧接话:"我想着,看哪个亲戚朋友手里宽裕能借个10万块,我用退休工资每月给人家还,绝不短缺。"

"您二老最近就上县看房去,钱的事,我来想办法。"火儿说得干脆。但他又叮咛:"这事别告诉正森,他好面子。"

正森妈脸上的皱纹一下子都舒展开了,忙问:"你是村上的哪个干部?"正森爸拉她:"这不就是火儿嘛。"正森妈笑着拍拍自己的额头,说现在记性大不如从前,来了人只管招呼,却记不确切。

她一高兴,忍不住说起正森的好处来:"他知道我闲不下,一到冬天把护手霜呀、擦脸油呀就买回来了,我头上的卡子都是他买的。平时村里那些聋的哑的到厂子里玩,他都叫我给弄饭吃。就是个炮筒子脾气爱说直话,但心肠柔软,嫁给他不会吃亏。"

从正森家出来,火儿沉默了半天,只说了一句:可怜天下父母心。

党员会

01

"瓜便宜了,保甜保熟——"

我就琢磨不明白,为啥村上一旦召集开个会,那瓜贩子就跟能闻见似的,准来。

今儿个确实要开会,党员会。火儿已经被正森派去接老党员了,大会前正好先开个小会,安顿村里环境卫生的事。

村上的保洁员陆陆续续进了三楼会议室,有牵着娃儿来的,有手机铃声震天响的。明明分管着公益岗的事,他敲了半天桌子,十多个人总算是安静了下来。

"从我现在说了起算,以后谁要是上班迟到早退的,一次罚款 50 块。"明明发火时脸憋得通红。

他话还没说完,马上有一个媳妇跳起来跟他理论:"我一天都拿不到 50 块,你凭啥罚 50 块?"

人群里随即炸开了锅,有的跟着附和"这政策不合理"。明明还想说点啥,声音却全被淹了,干脆靠在椅背上不说话。

又有一个厉害的妇女见状,站起来甩着手里的毛巾高声说:"早上八点半签到太早了嘛,我要送娃上学,根本赶不及,能不能九点签?"

明明听了,回嘴道:"我不可能安排过分的事情对不对,没有半夜叫你来打扫卫生吧?你有事偶尔迟一点都可以,但到岗了能不能自觉打扫?好几回了,镇上的干部在那儿说,随时可能有检查,叫把袋子捡干净,你们是咋做的?"

见吵得差不多了,正森清了清嗓子,说:"我们去安吉余村考察学习,见识过人家的保洁员。虽说凡事都有个转变的过程,但有几条规矩今天必须立。

"第一,按明明刚说的,实行严格的考勤制度;第二,签到满20天以上的才可以领取本月工资;第三,末位淘汰、动态管理,一个季度或一个月淘汰一个人,现在不提倡把公益性岗位只分给贫困户,贫和非贫大家都有资格竞争上岗。

"关起门来说,你们捡垃圾时有几个弯过腰?我每次在村里走一遍,都要把垃圾捡一遍。如果地上连个烟头都没有,那谁还好意思扔垃圾?"

这会儿看着大家一个个都像霜打的茄子,有人嘟哝着:"那是游客不自觉么。"

"我们都是金米人对不对?是不是应该先从自身找原因?"

正森仍板着脸。

有那通情理的，说："支书，我们天天早上扫，下午随时转着看，么得问题。"

正森跟明明对看了一眼，叫大家散会各自去忙。

那一头，左等右等，还是没见着火儿的影子。

老支书李家申气喘吁吁地跑进会议室说："正森，这咋个弄？为了接我，火儿的车在路上被人撞了。"

正森赶紧问人有没有事。"人没啥事，是咱村那谁家的女婿，说要给赔钱，火儿还推辞了……"正森关键一听人没事，就说党员会准时开。"火儿不是党员不参会，我打电话叫他先修车。"

李家申坐在凳子上直叹气："就说这觉悟高的想入党还在排队，那连党员会都不参加的人到底是咋进来的？就刚才，我见着昌娃（化名）在地里干活，记着他是党员么我就远远地喊他，谁知道他往过挪了几步听见'开会呦'，直接扭屁股回去了。"

"家申叔，一会儿开会我会说这个事，先不生气。"正森拉起老支书的手，"走，我领你们去看看咱村的金耳子、玉耳子，几天不见模样更俊了。"

02

金米村上有56名党员,今天开会到了一多半。

对于我来说,许多人都是熟面孔,大家今儿个格外精神。退休的老文书张太泉,特意穿了件带领子的衣服,胸口别着钢笔。上回我见他时他刚插完红薯秧子,红秋衣上沾得满是泥巴。

"太泉叔,最近生意咋样?"我要是没记错的话,他家的小卖部是1979年办起来的,大约是村里最"长寿"的小卖部了。

"没人么,被网购冲击得,成十年的布料压着卖不出,烟倒是卖得快。"

我俩正聊着,后面有人拍他:"太泉,我写不了字,你帮我签个名。"回头一看,是多秀老太。

多秀老太这辈子命运坎坷,早年离异,前几年大儿子又遭了矿难,白发人送黑发人。好在老太太刚强,精神一点没垮。

那天我到她家门上坐,庭院里栽了两棵无花果树。她的第二任丈夫明智老汉是个老村医,边听她说话边不停地用苍蝇拍帮着赶苍蝇。

"我年轻那会儿是铁姑娘队的,盘石头砌坝比许多男人都强,可惜没机会念书哪。我们这些老党员交合疗啥的带个头都没问题，但是对新事物的认识就跟不上了。村上应该多发展一些有前途的年轻人入党，只要是为金米好，年轻人做啥我们都支持。"

主席台上，正森刚打开话筒。

说是开会有四个议程。第一项，小岭镇第七次党代会即将召开，村上要选举6名镇党代表，其中村干部2名、技术人员1名、道德模范3名。

"我先声明，我有高级职业农民的职称，所以不占村干部的名额。"正森讲完条件和注意事项，叫极华大叔发表格，"大家写着，我唠叨个事。咱村的流动党员，如果确实不能按要求参加组织生活，该转党关系的火速找明明办。"

想了想，正森又补了一句："再一个，不为村上做贡献的，以后杜绝在村上入党，吸收进来的只能是公道正派、能如实反映老百姓心声的人。"

李家申他们几个给正森鼓掌："说得对！哪个党员要是不起好作用，老百姓骂他一个，但其实是给组织抹黑哩。"

党员会的纪律明显要好很多，大家说完，交了表格，又都端端正正坐好。那边在统计票数，这头正森猝不及防地宣布，由一位70多岁的老党员给大家讲党课。

看老汉的穿戴，估计只有这种重大场合才舍得让这身中山装出来亮亮相。不过他可能是太紧张了，上去说了两句就起身往下走，正森赶紧领掌。

"今天叫老叔起个头，以后每次开会都要推选一位党员发言，使党员大会成为我们村上最神圣的大会。"

下面偶尔有一个玩手机的，抬头撞见正森的眼神，火辣辣的。

"大家可能都听说了，村班子前段时间去了浙江考察学习，主要目的是啥呢？就是想咋样能把集体经济搞好，让老百姓真正得实惠。大伙腰粗了，谁还愿意老往外跑？

"这段时间我一直在思考，村上必须要有一个总领性的规划，认准发展方向，在党支部的带领下一代接着一代干。我的想法，一产占20%，二产占30%到40%，三产占30%到40%，这就比较理想。

"村班子的意见呢，搞旅游把木耳不能丢。从现在起就要大量储备村上的木耳农技员，为将来搞人才输出做准备。再一个，木耳深加工做代餐粉、废菌包加工氨基酸肥料，这些都可以和第三方机构合作。目标是，五年后集体经济收益达到200万元。

"另外，抓经济发展，也不能放松人居环境整治。咱们要顺着智慧化乡村的思路，把碳达峰、碳中和这些都考虑进去，还有天然气管网入户、污水处理、5G通信等等。

"我今天只是抛砖引玉，规划的事后头还要放在党员会、村民代表会上议。总之，咱多大的脚穿多大的鞋，不等不靠，叫金米每年都能看到新变化。"

"正森，你说的都好着呢，但我有意见，叫提不叫提？"这个身穿旗袍的嫂子，正是陈康他妈，外号"老四"。

正森赶忙说："我正要说请大家提意见呢，'老四'你先说。"

"一个是自来水的事。就今天，有好些人说水里有怪味，村上要出面跟马耳峡水库谈谈，这是关系到群众饮水安全的大事。还有，我们老七组就没有挣钱的地方嘛。"

"'老四'，你都嫁到财富湾了么，咋老是爱替娘家人出头？"人群里哄闹着开起玩笑。

正森也跟着笑，叫大家有啥尽管提，肚子饿了也别怕，灶上已经在备饭了。

从会议室出来，雨像扯断了线的珠子，风从四面扑来，村委会对面摆摊的小推车被吹得满地乱跑，惊得几个妇女一阵阵尖叫。很快，大山被遮在一片雨雾之中，只留下模模糊糊一点影子。

田方办厂

01

金米村委会便民服务大厅白天就没冷清的时候。

那天,我的目光穿过人群,落在田方身上的那一刻,不自觉向极华大叔打听了一句:"这是镇上新来的干部?"

此人圆脸盘,大花眼,黑发中夹杂着少许白丝,一身西装,端端正正坐在凳子上,有些派头。

"不是,这是咱村的贫困户,这些年一直在外边打工,刚一回来就被你撞上了。咋,也要抓着(采)访?"极华大叔跟我开玩笑。村里人说话都是这,直白却亲热。

田方看着我面生,有些不好意思地站起来。"咱这样子还能当啥干部,就是个老农命。"他又转向极华大叔小声说,"我人不太美气[①],趁着回来看病抓中药,顺便到村上来咨询咨询政策,看能不能贷些款。"

---

① 不太美气:方言,此处意为身体不舒服。

"这事估计还得找找火儿,他跟信用社的人熟。"极华大叔给田方出主意。不过他这会儿桌子上一河滩文件,大厅也离不开人,我便自告奋勇带田方上楼去找火儿。

等他迈开步子,我却觉察出异样来——田方的腿脚似乎不大灵便。"28 岁那年在银矿务工,跟着私人老板干,矿洞里的石头滚下来,砸断了大腿。"我在他身后暗自惊叹,这田方头脑机敏,背对着也能猜中我的疑惑。

爬完二楼的所有台阶,田方有些气喘。我自责该早点反应过来,把火儿找来见他不就完事了。却不承想,火儿一大早把木耳基地巡完,累得坐在椅子上正打盹儿。

"尹主任,有人找哩。"我一喊,火儿猛地醒了。

"呀,田方,你几时回来的?快坐着,你腿不方便。"我这才知道,其实田方他家离火儿家不远,只是大门常年挂着锁,我没有关注到而已。

田方给火儿发了根烟,点着之后才找了个沙发慢慢坐下。他见我一直盯着他直挺挺的左腿看,也不避讳,大大方方把裤腿提起来:裸露的是一个已经严重变形的膝盖,大腿上竖着的疤痕,颜色很深。

"要我说你当年还是太心软。"火儿言语中指责道,那么重的伤，田方跟的老板却为了省钱，把人放在县医院给看，等能下床走路时却发现膝盖根本打不了弯。再去西安，医生说太晚了，里面的骨头长住了，已经没法手术。

"定好的亲事，女方一听他伤成四级残疾，当即退了。"火儿为田方的命途多舛惋惜不已。

田方却笑着摇头："火儿哥，当年死一个人才赔三万八，给我看病花了十万八，人家老板对得住咱啦。"

火儿也及时止住了话头。过去的事只能让它过去，人还是得朝前看。"你现在过得咋样嘛，还在跟着你小舅的女婿在西安装卸钢材？"

"那是之前，今年换到自强路送变电厂做活。但现在一年比一年活少，往年六七摊子活，今年只有两摊儿活，挣不来钱，我就回来了。"田方面露难色，又要给火儿发烟，被火儿挡了。

田方把烟小心地塞回烟盒，他不抽烟。"我就是为这个来找你的。我想回来办个加工豆制品的小作坊，算了算，手头上还缺5万块钱，想问问现在针对贫困户还有没有创业贷款啥的。"

"回村创业？这是好事么。"火儿一听连忙说，"你稍坐会儿，我出去一下就回来。"

02

火儿不一会儿就回来了,皱着眉头。

"这事还有点难办。"火儿问,"你之前是不是通过村上在信用社贷过款?"

"前后贷过两回,都是为娃儿上大学。"田方又补充道,"不是我亲生的,是我老婆的。"

田方说这事说来话长。前几年他在工地上打工,认识了一个叫史乃红的女人。女人是关中西府人,死了丈夫,靠蹬三轮车送水泥,拉扯着两个正在上学的儿子。

有一天,女人的三轮车被人收走了。"我问她,她哭,说是因为还不起银行贷款。"田方给我打比方,在那么繁华的西安城里,他俩就像是一个藤上结出的两个苦瓜,自然而然过到了一起。

女人的孩子很争气,老大考到陕西理工大学,老二考上西安邮电大学。好在如今贫困生都有助学贷款,学费是不用愁,但男娃饭量大,而且哪怕是穷学生,同学间总还要有个交往不是?生活费上两口子不愿意委屈了孩子,总是想办法多贴补些。

"老大赢人哩,刚毕业就谈下个女朋友,今年前半年订婚,我凑了1万整给他。"田方说,妻子因为大儿子结婚的事压力有点大,听同乡说在北京当月嫂挣钱多,二话不说就跟着去了。

"但伺候月子这活儿没日没夜,要是遇着心善的主人家还好,遇着挑刺的那可有罪受的。我给她说,干两个月就回来,要不然身体受不了。"

到这儿我有点明白了田方的心思,他思虑得长远,如果自己能憋着口气把这小作坊干成,那妻子就不用再这样劳苦奔波,两口子即便是老了也有份家业傍身。

"再有5万块钱我就能开张,只要运转起来一年差不多就能回本。"田方看话扯得远了,赶紧又转到正题上来。

"你这趟回来还跑没跑过信用社?"火儿问。

"咋没跑过,跑了两三趟了。去了人家就说资料不全,也没说到底补啥,再问就没有人理了。"

田方说完,火儿也没着急搭话,隔了半天才问了句:"那前两回贷款你给人家还上了吧?"

"还上了,我都是按时按点还的。"我注意看他的眼睛,并未发现有躲闪或者犹豫,很是坚定。

"你看这样好不好,动员你哥他们给你做个担保,那贷到款的可能性就高多了。"火儿和田方商量,"或者多找几家银行试试。"

"说白了,就是我们这种人不好贷款吧。"田方说得很平静,但他脸上的表情却令我一眼难忘——那表情里混合着极其复杂的情绪,他越是温和地微笑,越发让人窥见他内心燃烧的自卑与无奈,还有夹杂着的坚持。

"没事火儿哥,我先不打搅你了,村上也忙。有空到家里坐坐,看看我置办的机器咋样。"田方这就起身要走,火儿连忙问他咋回。

"刚就是从沟口走到这儿的,慢慢挪,不远。"火儿要开车送他,田方却不愿给人添麻烦,甚至下楼都不让送。

火儿朝楼下大声喊:"极华,极华,看有没有顺车上去,帮田方挡一个嘛。"好几公里路呢,咋能不远?

03

能看出来,田方办厂的事一直在火儿心上挂着。这天下午,他问我忙不忙,想不想一起去田方家转转。

田方大约没想到我们真会来,有点喜出望外。在家里,他穿得比较随意，半新不旧的T恤和蓝裤子中间露出红色裤腰带打的结。

"日子过得真快，你今年都已经48岁，本命年了。我记得你爸走的时候你还在地上粘着①，刚有3岁吧，鼻涕流多长的。"火儿打量着田方家的屋子，可能是瞅见他的红裤带，也可能是屋里的某些个老家具勾起了他的回忆。

"还说呢，我妈都走了十几年了，我这做豆腐的手艺还是她教的。"田方急忙把我们往里面让。

这是一个二层小楼。一楼最右边是仅有的一间卧室，他的旧家具、一应铺盖几乎都聚集在这里。堂屋里摆满了各式各样大大小小的机器，其中最显眼的是一台大型烘干机，我曾在一些食品小作坊里见过。

田方讲起，他爷爷那一辈就是"豆腐郎"，两块豆腐一把刀，担担子走村串户，后来他们兄弟姊妹八个只有他学了这门老手艺。这些年他干着卖体力的活儿，其实也不光是为了糊口，原来是为开一个豆腐坊做准备呢。

"咱这样的人配有个梦想不？怕人家说三道四，所以我不往出说。"或许只有在家里他才敢倒出心里话，"但我有，我就

---

① 离地面很近，形容人很小的时候。

想把小作坊办起来，逢年过节烧纸的时候告诉我妈，他儿能成个人哩。"

没有机器，他挣了钱一件一件置办；没有厂房，他出去打工换来一块块砖一片片瓦，终于把二层盖了起来……"火儿哥，你上去看过之后就能相信，我没哄你们，为了这个，我准备了都快10年了。"

田方引我们上楼。二楼和一楼明显不是同一年代的建筑，大约是为了省钱，外墙连涂白都没舍得做，不过水泥被打磨得很平整。楼梯是用钢筋条焊成的，上面铺着木板。栏杆也是旧的，带着雨水冲刷出的斑斑驳驳的铁锈。

上到最顶头那一阶时，木板中间有个不宽不窄的裂缝。"不要害怕，牢固得很呢，把你掉不下去。"田方在上面笑，伸出手拉我。

推开门到了里间，完全是另一番光景。洁白的墙面，崭新的锅炉，广告纸都还没来得及揭的铝合金门窗。只有一处看着不整齐，可能是新窗户实在不够用，白墙上镶嵌了一个旧木头窗，再就是有一块玻璃缺了个角。

见田方弄得确实有点模样，火儿的表情明显轻松了下来："我看你这家伙什儿还挺全乎，好多我都不认得，不止想做豆腐一样吧？"

"我准备做四样，豆腐干、豆浆巴、腊肉、玉米醪糟，样数太少不划算做。"田方说着，把营业执照、检测报告、生产许可证、卫生许可证全找出来抱到我们面前。

"光为办这个，我跑了三年。"田方指了指营业执照，竖起三根手指头。

我注意到，小作坊有个好听的名字，叫"米川坊"。联想起金米还有那么多好听的小地名，只要肯动脑筋，老祖宗留下的这些"财富"也不一定非得是外头来的文化人才能挖掘到的。

"那5万块钱贷款你是咋规划的？"火儿又问。

"一部分用来买黄豆这些原料，还有就是商标费得个8000块。"田方给火儿说他到镇安县米粮镇打问过销路，他这边生产，人家上门拉，成本小，资金回流快。

"我上回给你说，让你做做弟兄伙儿的工作，给你担个保，咋说嘛？"

田方半天没有吭声。"咱农村的事你也知道，弟兄们好说，嫂子们的关不好过……算了吧，还是不张嘴的好。"

他俩都陷入了沉默。火儿突然想起来，可不可以用房产做抵押。田方又在他家的大立柜里翻了半天，找出来一个2004年的"集体土地使用权证"，说道："我上回问王极华，他说咱村的房产证好像还没下来。"

火儿给极华打电话确认，却意外得了个好消息：金米可能要被授牌为信用村了。

如果这事能成，那田方贷款办厂的事，就有眉目了。

火儿入党

01

村里近来喜事不少，头一件，金米村党支部评上了"全国先进基层党组织"。正森的想法，今年"七一"无论如何都得办个联欢会以示庆贺。

"从前正月十二到正月十五，村里都要'玩灯'，坐船、坐车，唱花鼓戏，中间夹着响器，要多喜庆有多喜庆。"

说话的人是赵艳的婆婆杨秀英。她可是金米村的洋活人，下凤镇买莲花白渍酸菜都要描眉搽粉、蹬上高跟鞋才肯出门。他们两口子以前都是金米文艺队的骨干，可惜自从领头的周家强过世，文艺队也跟着解散了。

杨秀英不识字，但她实在喜欢周家强编的花鼓戏词，便请人抄了下来。我细细翻着看，竟有"阳坡种核桃，阴坡长板栗"这样的句子，不由赞叹。

"我最爱这首《十二月采花》，给你唱两句听听。"

正月采花花未开　百花睡觉睡得香

二月采花花未开　采笋梅花不落叶

三月采花红似火　四月刺梅架上开

五月石榴赛玛瑙　六月荷花满池开

七月芙蓉出水面　八月扬州桂花开

九月菊花满山黄　十月霜打百草花

冬月雪花飘荡荡　腊月梅花雪地开

一年采花采不完　采花送福到门前

我把这花鼓戏词拿给正森看，他也连连感慨，往后必须得复兴金米文艺队，不能叫这些民间文化轻易流失了。

只是远水解不了近渴，也不知道正森用了啥法子，得到了长湾村和李砭村两位支书的大力支持，拉来自个儿的文艺队，两三天工夫不到竟"变"出一台像模像样的演出来。

再加上拔河比赛、象棋比赛、唱红歌这些众人都能参与的项目，那边号子声不绝于耳，这边有人把红色塑料袋给娃系在脖子上喂饭，比山里头大年三十赶集还要热闹。

直闹了一整天，到了晚上，正森来找我和咸嫂子，说是给我俩一人留了一件文化衫。明早村上要集体观看"庆祝中国共产党成立100周年大会"，正森特意给定做的。

拿到衣服，咸嫂子显得十分激动。"俺明天一定要和你们一起看直播，然后拍照留个念想，等俺回了东北可能有的人一辈子都不会再见面了。"她又说，"俺要穿着这件印有'金米村'三个字的衣服回东北，在飞机上，让大家都看见。"

到了正日子，村干部、党员、村民小组长，果然是整齐划一，人人手里举着一面党旗。我一眼便瞧见火儿，他刚剃了头，神情庄重地坐在第一排。

会后各忙各的，我有好长时间没再瞅见火儿，以为他去木耳基地了，也没在意。

大约到了下午2点钟，我见他拿着两页纸，来便民服务大厅找正森："正森，我给你交入党申请书。"

正森先是愣了一下，赶紧接过来看，我也凑上去。"……在党的带领下，我们的国家真正强大起来了。我的心情久久不能平复，我的眼泪都快出来了，我的心是滚烫的，请组织考虑，不要辜负了我的一片心……"

111

火儿红着脸,说他知道好多话都不通顺,有些句子在脑子里刚想完整,但因为被一个生字打绊就把一整句也浑忘了。

"我的文化太差了,老师教的东西三四十年了从来也不很用。其实我小时候学习还是上中游,大集体那个时候屋里头嘴多,初中没念完。

"30多岁上也写过一回入党申请书,后来再没写。这些年负担重,四处奔波着养家。要说我41岁当上小组长,当时是家里最困难的时候,两个孩子要念书。但村上工作来了,自己的活儿都是次要的。

"现在家里要操的心少些。老大在县城开了个建材店,老二念初三,我都撂开手叫他妈管着,我专心在村上干。

"今天在电视机前听到党中央号召党员,我有一种说不出来的羡慕和激动。虽然我的年纪大了,但我的心绝对诚。"

我从没见过火儿一口气说过这么多话。

我曾听正森说过,火儿两口子白手起家,这几年家里日子过得不错。火儿媳妇是村里人人称道的贤惠人,他家之前经营了个挖掘机,自从火儿到村上上班之后只能请工。

"他当副主任一个月工资是2000块钱,雇人一天400。"说到这儿,正森有点埋怨火儿,"你家挂了将近4万棒耳子,你都扔给嫂子一个人,我看你进了别人家的棚还知道搭把手,就没见你在自家棚里干过活。"

火儿不以为然:"咱农村有句俗话'男一担,女一头',你还没成家,等娶了媳妇就懂了。"

正森不与他理论,只说:"入党申请书我收下,不过我得告诉你,陈庆海他们几个比你交得早。"

"我晓得。我积极改正自己遇事急躁的毛病,多学习,多下苦。"

第三章

"茄子栽荚,辣子栽花",大意是茄子苗要趁着它小的时候移栽,而辣子苗等到它开花再移也不迟。这乡村的人,跟山里的草木一样,总会"发芽",总会"开花",或早或晚。

米汤街

01

这是一个凄凉与温情交织的故事。

故事得从金米村的米汤街①讲起。米汤街其实已经不能称之为一条街了,因为传说中老八组江姓人家开设的米汤铺早没了踪影。尽管只传下一个没头没尾的故事,但还时不时会被村里人提起。

话说那年,一个从凤镇水旱码头去往蓝田的生意人,翻山越岭走了十几里地没有见到人烟,又累又渴之时偶遇一妇人,便上前问路:"大嫂,前边是啥地方?"

他不知道,这妇人怀里的小儿刚刚夭折,她正要将儿子送上山去埋,伤心欲绝之时听人问路,神情恍惚地念道:"我的

---

① 米汤街:金米村小地名,当地人将"街"读作"gāi"。

儿,我的乖,拐个弯弯儿就是米汤街。"

这话似答非答,好像在给孩儿说一个有米汤吃的去处,又好似应声指路。

米汤街的存在,到底印证了金米曾经的富足还是贫穷,是"穷得只能喝米汤"还是"再旱再涝不断粮"?村里人常常为此争论不休。

而我却对故事里的妇人着了迷:那样的时空下,她与她的家庭到底遭遇了什么,是疾病吗?那么又是怎样的恶疾会夺人爱子,令这可怜的母亲痛不欲生?

可能有人会说故事就是故事,连发生的具体年月都不得而知,又何必当真。但如果你认识了定伟媳妇,也许会改变想法。

我是在六亩地邹定记家的木耳大棚里偶遇她的。

那天,经咸嫂子介绍,我被允许加入邹定记家的木耳采摘队伍。在此之前,咸嫂子特意培训过我:"摘木耳的感觉就跟摘棉花一样,或者你就想象拔鸡毛。"

邹定记家的木耳出得赢人,晾晒天气也赢人,他媳妇一大早带着一群妇女在棚里干活,笑逐颜开的。

"儿子昨天又给我们发钱,今年发了8000块喽。"她说完又忙不迭地给我介绍，这些都是他们本家的嫂子，家家都包的有棚。但大伙商量好，采耳子前后错开，这样换工也罢，天天结算劳务费也行，起码人手是倒腾开了。

这让我想起小时候去我二姑家的村子，春季里梨花微雨，秋收时节相好的人家也是自发组成一支支互助队，有条不紊地完成全村酥梨的采摘。

正想着，前面不远处闪出一个身影，随着我俩采的菌棒越来越近，她的样貌也逐渐清晰起来：齐耳的剪发头，敦厚的脸盘上一对略显肿胀的眼睛，一件形容不出颜色的外套，尤其那一双宽大粗笨的老布鞋，让我有那么一瞬间恍惚，她长得真像我二姑！

"我女子差不多和你一般大呢。"跟妯娌们相比，定伟媳妇看上去性子更沉闷一些，语言和动作都很缓慢，但我从她的眼神里感受到了浓浓的亲热劲儿。

"您有几个孩子呀？"我顺着她的话问。

"从前有三个，现在剩了俩。"她并没有抬头，"大的过世了，石头下来把腰上神经砸了，瘫了十年身上烂完了。"

她说得是那样波澜不惊，甚至手上的活儿连一刻也没停。我却心下悲凉，来村上不长时间已经听到好几起因矿山事故导致的死亡或伤残。

"还不是为了挣钱嘛。"定伟媳妇自言自语,"娃儿小,没有赶上陕银矿招工,是被他叔带着在山西矿山出的事。他爸倒是在银矿上干过,因为超生把他辞了,只能在家喂猪养鸡子。"

或许在她朴素的世界观里,挖矿并不是什么坏事,甚至是件好事,起码是一碗饭,是一个门路,怪只怪自己的孩子命数不好,遇上了。

"你们老大走的时候多大年纪?有孩子吗?"

"36岁走的,到今年阴历四月二十二号过三周年。"她招呼我把地上的棚布抬出去晾,木耳已经堆满了。

一边和我顺着通道往出挪,定伟媳妇一边喘着粗气说:"留下个女子。我家老大出事的时候他媳妇年龄还小,眼看他成了瘫子,我们都劝他俩离婚,叫大儿媳重找一个婆家。那年她再婚的时候我和他爸也都去参加了婚礼,当娘家人,去送的亲。"

我一个走神,脚底下不稳,胳膊肘撞到了一个菌棒,连带着那一串七个棒子都哗啦啦倒了下去。见我面带愧色,定伟媳妇笑着安慰了我几句:"不碍事,再绑上就是了。"

她不慌不忙地蹲在地上,把散落在各处的小铁钩都寻了回来,又把菌棒一个一个抱起来,挂成原来的模样。

02

送儿媳妇出嫁,这样的事虽不敢说是奇闻,但确实鲜见。

可木耳大棚这样敞开的环境,实在不适宜继续这个悲伤的话题,更何况当天定伟媳妇还要忙农活,我便要了联系方式,思忖着哪天傍晚去她家里拜访。定伟媳妇没有手机,她报了定伟的号码。

其间诸事耽搁,再见面,已是一周之后了。那天我和驻村工作队的"小李子"正在路边跟二组小组长谢志平聊天。

"老谢,昨晚有人到村委会报案,说郭家庄有人偷耳子哩?""小李子"问。

"谁把话说得那么难听,啥子叫个'偷'么,就是那迷糊老汉捎一点想回去吃。"这关系本组人的脸面,谢志平赶忙解释。

"那也不行么,这是集体的财产,强调了不许往家带……""小李子"正说着,路上有人把摩托车停下来跟他打招呼。我定睛一看,后座上那不是定伟媳妇嘛。

一点也不难猜,骑摩托的就是邹定伟了。他戴着一顶洗得发白的军绿色帽子,黑里泛黄的牙齿豁了几处,还有一颗朝外翘着。

　　其实我们之前是见过的。我还给他拍过一张晾晒木耳的照片，因为咸嫂子大赞他技术好。要知道，咸嫂子可是个"技术控"，并不轻易如此夸人。只是到这会儿我才得知，原来这俩人是一家子。

　　我赶忙追问他们这是要上哪儿去，几时能回来，定伟媳妇习惯性瞅着娃他爸，并未抢话头。

　　"村上通知60岁以上也要打新冠疫苗哩，我们下黄金[①]一趟，晚上还要给鸡子打饲料哇。"邹定伟想了想，邀我明早去他家吃早饭，又转头说道："'小李子'也来啊。"

　　我想起正森有次打趣："'小李子'去入户，根本不消操心他吃饭的事，饿不着。"这不又一次应验了这话。

　　第二天一大早，我刚洗完脸，"小李子"就来催，说那边估计已经备好饭了。果不其然，到了地方，远远便瞧见定伟媳妇站在门楼子下边张望。

　　"烧了鸡蛋汤，烙的锅盔，也不知道合不合你的胃口。"她

　　[①] 黄金：金米村原属黄金乡管辖，后撤乡并镇归入小岭镇。但除过镇政府被撤外，原本集镇上的卫生室、信用社、学校等均保留下来，切合山区人口分布零散的实际，方便了群众的生产生活。

牵着我的手,把我领进院子,又钻到灶房去端了饭出来,摆在一张木头凳子上。

我端详定伟媳妇,虽未入伏,但天气一日比一日热起来,她却穿了整整三层衣裳。跟套个短袖的定伟站一块儿,两人像在过两个季节。

"快趁热吃,土鸡子下的蛋,专门给你们留的。"定伟媳妇催促我赶紧动筷子,"他爸身上病多,吃不得鸡蛋。"说着递给定伟一块热锅盔。

定伟从盘子里夹了块腊肉,就着锅盔在嘴里嚼了起来。我这才知道其实昨天的疫苗没打成,因为定伟的高血压是在黄金卫生院"挂了头号"的,没人敢给他接种。

"不吃蛋行,不吃肉就不行,农村人嘛,吃不好干活咋能使得出力气。"定伟裸露着他粗壮的臂膀,叹了口气。

"小李子"问道:"你真狠心把那30多只羊都处理掉啦?"说完他又对着我讲,刚来村上的时候,总见一群羊在山路上走,后边抱羊娃的"羊司令"就是邹定伟。

"可不咋地,实在忙不过来。猪哇,鸡子哇,今年又挂了8万棒耳子,我和娃他妈从正月初八开始一直干到现在,一口气没敢歇。"定伟拿着筷子在板凳上画杠杠,养猪市场行情看好,鸡场享受扶贫政策,但养山羊又没有羊奶可卖,纯粹不赚不赔,只好忍痛割爱了。

"这还得感谢'小李子',养一只鸡给补 10 块钱,给我们那小孙女还吃的是一类低保。"定伟媳妇接过话,不紧不慢地说着。她那哝哝的声音,任谁听了也会觉得无比真诚。

"小李子"连忙纠正道:"这都是国家政策好。我们帮扶干部的责任就是把政策给老百姓解释清楚、落实好,对于最困难的给最好的政策。"

"你说得对着哩,对着哩。"两口子对着"小李子"点头。不仅仅是认可他的话,更是在认可他的为人。

03

收拾毕碗筷,定伟媳妇领我进房里转了一圈。

房子虽旧,但从整体轮廓和房间数量看,大儿子出事之前,家里日子过得还算殷实。如今女儿嫁到宝鸡,老二夫妻俩引娃念书去了县城,平时老两口干完活回来也就在东上房床上歇个觉,并无心收拾其他地方的灰尘。

我注意到,东上房临马路的一侧好像还开过一扇门,只是又封住了。"媳妇子在的时候,我们张罗着给她开了间小卖部,止心慌。她嫁人走了,我不识字,就没再开。"

定伟媳妇说着,又引我走到斜对面,打开了大儿子生前住过的屋子:"他走那年就是这样,啥都没动过。"

这间屋里的家具明显比刚才那间新一些,床头整齐地摞着几床花花绿绿的被子。只是让人奇怪的是,床尾摆放着一台麻将机,不仅占据了将近四分之一的空间,而且总感觉与整个家庭环境并不搭。

既然站在了屋门口,不免回忆起往事。定伟媳妇说当年山西矿上也尽了力,大儿子出事后连夜就拉到太原某解放军医院,背上钉了钢板,横着缝了九针。

出院的时候,医生说以后能恢复。矿上总共赔了46万,家里人拿出6万块钱买了辆车,那几年,西安红会医院,北京、上海,只要是好的骨伤医院都去到了。

"可屁股上烂得多深的口子,化脓、溃烂,总不见好。"定伟媳妇用手指头比画着,下意识摇了摇头,"最后还是杏坪驼子的草药管用,要不然命早保不住了。"

金米村邹姓这一支自湖北迁来,兄弟子侄就一直群居在这邹氏大院里。那时看着一个院儿里长大的同年的孩子都活蹦乱跳,大儿子却满头白发,靠双手撑着挪到外面晒太阳,可想一个母亲是怎样地心如刀绞。

"我们家没人会打麻将。给他买这个,是为吸引村里人常来给他解解闷。"定伟媳妇声音在颤抖，但她却并没有流下眼泪来。

或许，她将那无尽的悲伤痛苦藏在心底最深处，并不轻易让它奔涌而出；也或许，在大儿子生命逐渐枯萎的岁月里日日冲刷，消耗尽了那双眼睛里的亮光。

"其实，大儿媳走的时候，你们也舍不得吧？"我问。

"舍不得有啥子办法。我们儿子瘫在那儿再不能动了，媳妇却还年轻，不能拖上人家一辈子。"定伟媳妇说，大儿媳是个重情义的好闺女，说啥都不愿意走，但越是这样，大儿子越觉得亏欠，越要劝她早走，甚至以不吃不喝相逼。

定伟插话，说门中的弟兄们提议过，让招个人上门，光他们这个大院里就有三个上门女婿，没啥稀奇。"但我不同意，让娃零零干干过自己的日子去，端屎接尿的活儿我们两个老家伙能干动。都是可怜人，何必连累她。"

大儿媳再婚，嫁的也是熟人，是他们小两口共同的好朋友。男方是头婚，待定伟家的小孙女视如己出。定伟家大儿子"上山"①那天，大儿媳以未亡人的身份披麻戴孝，回来守了六天。

---

① 柞水当地的丧葬风俗，人去世后埋葬在山上，因此当地人将"入土"隐晦地说成"上山"。

"我们老大属鼠，大儿媳两口子属兔，属相也合。嫁到那家后就生了个儿子，两口子过得也和谐。"定伟媳妇说，大儿媳再婚那天，他们把那辆车当陪嫁让她开走了。

定伟媳妇问我："你知道李砭村那个亭子吧？"我说知道。她高兴地拉着我："就是亭子边上那户人。小两口打工去了，待回来，她一准开着车就到金米来。"

老人与牛

01

从这双湿漉漉的、黑不黑黄不黄的、烂了鞋帮的绑带带解放鞋看，志清老汉约莫刚见着光就上坡了。他遇人常说："呵，人家不忙，我忙。"

打山外头买回来的牛叱不上坡，挺不展脊背伸不直腿，走不惯山路么，必得他上坡割草喂，不像柞水本地的黄牛，不让上坡就冲人嗷嗷叫，耕起坡地来最是在行。

这让志清老汉想起在和尚沟垴上住的年月。那时候他还不老，胡楂泛青，耳朵不背，牙也没掉。实际上，他甚至还没娶过一房媳妇，论年龄也还够不上"老汉"二字。

为了供老娘吃饱饭，志清开了好些地块种。他做梦都想和旁人一样，养一头黄牛，给他帮帮手，陪他做做伴，但他拿不出本钱。

同村的陈春银见志清老望着一甩一甩远去的牛尾巴发呆，就把自家的牛牵给他养，立了约：生下牛崽，老的归还，小的留下。就这样，志清亲手接生了他这辈子的第一头牛。跟大人护犊子一样，每次上陡坡，他心疼小牛崽吃劲，都是揽在怀里抱着走。

待它长大，却不得不狠心给戴上笼头子。放牛的山不高，但为难处在于沿途耕地多，牛淘气贪嘴，吃了别人家的玉米自然是要挨骂的。要是糟蹋的庄稼多了，到年底志清得上门给人家出两天苦力，替牛儿还账。

本地黄牛有个特点，长得慢，要养六个年头才能够到800斤——这是养牛人公认的卖牛最好的时候。如果被两个牛贩子同时看上，那可就热闹了。两人都把衣裳揭起来，或者用草帽盖着，让牛主人捏码子，看谁出钱多。

但志清从不主动卖牛，哪怕退耕还林后渐渐没有坡地可耕，也养着不卖。"你要趁它最漂亮的时候才能卖出高价嘛。"牛小的时候不肯卖，等牛长大了怀牛崽了舍不得卖，小牛断奶之后又没有了买主……在村里人看来，他总在错失良机。

只有一次，他的两头牛在山上打架，其中一头被另一头用犄角顶下山沟。志清找人用绳子把伤牛抬回家，任他再扶再拽，牛始终卧在地上四个蹄子不动弹。"摔坏了神经，不中用了。"志清蹲在牛旁边，把它身上的毛梳了又梳。牛贩子把牛拉走后，他好几天见人不开口。

"牛脾气。"那时候老支书吴久文还在世，管着村里大大小小的事。他给志清瞅下一门婚事，女方刚离了婚从甘肃回来，带个两三岁的男娃娃。"咱山里头人穷苦，娶媳妇难呀。娃他妈虽说是个聋哑人，但人看着忠厚，行了，合起来就是一家人。"

吴支书磕烟锅，志清也跟着他磕烟锅。老娘在一旁高兴得不得了："我娃长得心疼的，灵灵的，这下有娃引了，都是一家人，就是一家人。"

成了家，志清还是养牛。家里有老娘有媳妇，他出不了门，养牛、种地、卖毛栗子，比卖工自由些。他有300多棵毛栗子树，年景好了能卖4000块钱，全攒着在山下盖房子用。

02

志清老汉一家是最晚从和尚沟搬出来的。他们一搬走，这沟里就少了人间烟火气,山林里的灌木、藤木尤其长得欢,不几年就封了山道,成了胡蜂、长虫、花翎子野鸡的王国。

村里给志清老汉选的庄基在河道边上,挨着公路,下凤镇很方便,这让志清媳妇很欢喜。只是为了扩牛圈的事,他跟邻居老石家闹得不太愉快,已经动了镇司法所,人家就是不愿意把空院子赁给他。

原本他从山上带下来几头牛,也不算多。"小李子"头一次入户调查,发现他搬迁盖房子虽然政府给补了钱,但还欠着十几万元外债,加之家里有残疾人,就上报给他评了贫困户。

5万元的扶贫贷款,银行批下来4万,志清老汉全用来买了牛。买牛崽当然是好事,农户发展产业么,用在了正道上,不像有的贫困户不像话,把钱拿去粉墙买家具了。可是志清老汉只买牛不卖牛,几年间大大小小繁殖成十多头。

"你这老汉咋的了嘛,把牛一伙子都关在这十来平方米的小房子里,你不怕把它闷坏了啊。"前来调解的"小李子"嗔怪他。这次志清老汉没再犟嘴,只是坐在板凳上搓手。

"小李子"顺势把合同拿出来:"我去跟石家做工作,谈下来了,一年1300元,这回你可别埋怨我偏谁向谁啊,都是官价,你可能也打听了。要是没意见,我和樊得朝支书在当面,你在合同上按个指印。"

志清老汉家寒,除了给他老娘办丧事那回,他很少主动邀人在家吃饭,也就很少有人知道他媳妇做得一手好茶饭。这次志清老汉诚心谢"小李子",他自然是吃上了,也就传得全村人都知道了。

扩了牛圈,眼见着志清老汉一天比一天松泛快活。他买了一辆新电蹦子,那红色看得人心里暖和。牛不上坡,电蹦子可以帮他一趟一趟把草从坡上拉回来,速度快着哩。但他毕竟上了年纪,铡草也越来越吃力,他就动了心思,要到凤镇去买台打草机。

就是这一趟,志清老汉遭了灾。

"那天也是倒霉,打草机没买着,在街上遇着河上边那家女人拦我的车,说是腿受伤了,让捎一程。"志清老汉事后给"小李子"絮叨,"原本已经到我家门口了,我急着喂牛哩,不想再送。那女人央告我,说都是本乡本土的,她走不成嘛,让好心送一下。结果拐弯的时候速度快了,在桥头翻了车。"

等志清老汉把电蹦子扶起来,发现坐在车上的人不见了。再找,妇女已经被甩出去很远,头又不幸撞在了乱石堆上,眼见抽搐着抽搐着就断了气。

其实那天志清老汉也受了伤,他的腿上到现在还留着长长的疤。但人家家里是塌了半边天,不过上个街的工夫人就没了,家属咋都不肯轻易罢休。灵堂、花圈全上了大路,哭声震天。

志清老汉知道他闯了祸,这回不是卖房就是卖牛。15头牛啊,他日日夜夜伺候着它们,夏天怕它们热给牛圈里装风扇,冬天怕它们冷把干草铺了一层又一层。这些牛不像是牲口,倒更像是家里的人口,不到哪个病得实在不行他都从来没动过要卖的念头。

"我一直给你说这种理念不对不对,把牛买回来养上几年就要卖嘛,你就知道一直买一直买。看,现在出了个车祸,牛全被人拉走了,不心疼死你才怪。""小李子"说得伤心,志清老汉听得也伤心。

卖牛那天,志清媳妇看着牛一头一头被赶上大车,坐在地上哇哇哭。志清老汉说:"她是个哑巴不会说话,但啥都知道。她摊着手是想说,牛没了,钱也没了。"

买牛的人知道他家出了事,急着用钱,15头牛只给出8万。"小李子"说,按着市场价,一头成年牛最少1万往上。他跟极华大叔实在看不下去,悄悄给留了两头小牛崽:"不然咋办,难道眼睁睁看着他返贫?"

加上交警队和镇政府的临时救助款,总共凑了13万元,这件祸事才算有了了结。

有一回正森恰好瞥见志清老汉开着电蹦子,一把把他拽住,递了根纸烟:"好我的老李叔,开农用车也要戴头盔呢。上了年纪,磕了碰了谁伺候嘛。"

"知道呢支书,嘿嘿,我抽烟锅,纸烟金贵,待客。"正森上去给他耳朵上又挂了一根,急乎乎走了。

03

话说"小李子"这就要走了。新一茬驻村工作队队员的铺盖安置在村委会二楼,交接工作的会昨儿个下午也开过了。志清老汉应下给"小李子"一点干牛粪,种菜用,走之前"小李子"要去取一趟,也是惦记老汉。我随他一路。

"我晒得干干的,老不见你来。"志清老汉早起割了满满一车草,正往下卸,"四个牛娃儿了,这一车也就够吃三四顿,我一会儿还得上坡。"

志清老汉给我们倒水喝。几十年了,他家几乎没啥变化,倒是堂屋角上停了一辆摩托车,像是新置办的。"娃儿的,我不骑,怕摔坏。"

提起儿子彬彬，志清老汉两眼放光。当年彬彬随他妈上门时还不满三岁，现在已经长成20多岁的大小伙儿，在南方打工。

要说志清老汉对这孩子也是极尽疼爱。彬彬原名叫"丹丹"，志清老汉特意请人给"算"了，说是这孩子八字缺木，很慎重地给选了这个字。志清老汉从来没舍得让彬彬上山放过一天牛，怕牛虻子咬他。

所以邻居和他骂仗时口里说"你的儿子是养儿子"，他肯定会发火，要上去打人。其实平时他不是暴躁的人。

两年前，彬彬的哥哥和姐姐从甘肃来寻亲。志清老汉多了心，好些天闷闷不乐，怕他们把彬彬叫回甘肃去。黑夜里彬彬和他躺在一张床上说话："爸，你把我养大，我绝不变心。你养我的小，我要养你的老。"志清老汉嘴里答应着，眼泪流多长。

彬彬的意思，是不让志清老汉再养牛了。山里人常说"家有万贯，'血财'不算"，"血财"指的就是牛、猪这些最后都要见血的牲畜，认为养牛、喂猪赚不赚钱全凭运气。何况志清老汉又从来不算投入产出比。

我有时也觉得他只养不卖有点不可思议，有时影影乎乎能理解老人的心思——就像当年饿怕了，突然收了几柜子粮，一粒也舍不得卖。

"你太没账算。""小李子"见面就埋怨他。那次车祸后，志清老汉的耳朵越发背了，嘴里胡打岔，弄得"小李子"哭笑不得。志清老汉的记性也大不如从前，刚说到彬彬，他下意识把娃儿的电话号码翻出来，拨没拨出去他却忘了。

"爸，电话只响了一声就断了，是家里有啥事呢？"彬彬在南方的工厂做活，大白天接到电话他可能也惊了一跳。

"没啥事，没啥事，打搅我娃上班了。"志清老汉的老年机声音洪亮，在外面大路上都听得清。彬彬也许是还不放心，追问了一句："我妈哩？"

"你妈跑（出去）了，可能是下凤镇了，挡车走的。她要是走下去的话狗会跟着一路，狗现在在家呢。"

今年正月里，志清老汉在河里看到一条狗，见它饿得不行了就抱回来。当时灰不溜秋的，叫了个"灰灰"，养了几个月竟然变成漂亮的黄毛，肉嘟嘟的。灰灰很是听话，白天陪着志清媳妇到处逛，晚上卧在门口看牛圈。

"老汉，过几年搞得好的话，就把低保给你抹了吧。""小李子"说。

志清老汉这次竟脱口而出:"能成,我没有失败,牛在我手里发展得很快。"

看着老汉满脸倔强,我在想,他大半辈子都生活在金米村里,种地、放牛、割草,从未走出过这座大山。他注定不会知道一个名叫圣地亚哥的古巴老渔夫,还有他与一条重达1500磅的马林鱼大战两天两夜的故事。

但他一定懂得海明威那句激励了全世界的名言:人可以被毁灭,但不能被打败。

茄子栽荚　辣子栽花

01

我跟着火儿他们给村里分散供养的五保户①送棉被。

名单上原本是有21个人的,吉婶和俭叔结成夫妻互相照

---

① 五保户:现在城乡统一称为"特困人员"。《国务院关于进一步健全特困人员救助供养制度的意见》规定,城乡老年人、残疾人以及未满16周岁的未成年人,同时具备以下条件的,应当依法纳入特困人员救助供养范围:无劳动能力、无生活来源、无法定赡养扶养义务人或者其法定义务人无履行义务能力。为方便阅读,文中仍使用"五保户"这一叫法。

顾，如此一来便少跑一家。吉婶穿着件绿衫子，坐在门口的矮木头凳上给布鞋面扎花。阳光斜照着她和她身旁的柴草垛，村道上人来车往，但她仍然沉浸其中，对周围所发生的一切浑然不知。

最后去的是群娃子家。火儿的车子穿过一层又一层新老交错的民居，奋力地七拐八拐，最终还是被一个陡坡截停了。他夹起一床被子，走在前面引路。

我自以为这段时间走遍了金米村的角角落落，但这一处所在却是第一次来：曲径通幽，一栋土木结构的房子掩在山色之中，竹影斑驳，恰好映在南窗之上。窗子是木窗，打眼看已有些岁月，略显沧桑。

突然，隔窗听见一阵叫声，令人毛骨悚然。

火儿先我一步跨进门里。堂屋一片漆黑，泥巴地面坑坑洼洼，空气冰凉，还夹杂着一点霉味。直到一顶白帽子从一个低矮的门洞里探出来，我才辨认出房门的位置。

"噢，我们来看看群娃子。"火儿说。

"白帽子"缓缓挪出来，我这时才打量到，是一个干瘦的老太太。"在屋里哩。"老太太呢喃着，掀开了布门帘子。里头亮，我一眼便瞅见墙角一大堆花花绿绿衣服"包围"着的女子。不用问，这就是群娃子，刚才的叫声也是她发出来的。

"这里头的毛病（脑瘫），生下来到现在40多年，穿衣吃饭都离不了人。"老太太下意识指了指自己的脑袋。一说完，许是怕吓着生人，也怕生人吓着群娃子，她就赶忙将我带到屋外。

一转身，火儿却没了踪影。

老太太巍巍颤颤端出一个沾着麦麸的铁盆，捧了些新核桃进去，招呼我砸着吃。听她聊起，她姓王名秀儿，群娃子是她的小女儿，在群娃子上头还有两哥一姐，姓谢。

我曾调查过村里六大姓氏的家谱，这王、谢两姓大约于清乾隆年间自湖北一带辗转迁徙至此，占了郭家庄绝大多数的人口。秀儿老太家的光景，与组上整体境况有点格格不入。

"我18岁上发誓，嫁人一定要出山外。但拗不过老子娘包办，还是上房嫁下房。"说起往事，秀儿老太叹气。

柞水人把近亲结婚隐晦地称之为"上房嫁下房"，我此前不解其意，直到遇到这一家——秀儿老太那过世30多年的丈夫，不仅是她家邻居，两人还是亲亲的姨表兄妹。

近亲结婚导致的后果是四个子女两个智力残疾，另一个是群娃子的大哥龙娃子。秀儿老太一家陷进贫穷的泥沼里，至今也难拔出腿来。

秀儿老太也是一身病。"小时候家穷，自己胃上有病，却请了兽医给看，结果落下病根。老子娘的心也是怕我嫁得远受欺负，这就是个人的命。"秀儿老太停顿了一下，又连忙补上一句，"但我和他爸性子合，一辈子从没吵过嘴打过架。"

不远处，火儿的头冒了出来。到近前我才看清，他手上又抱了一床被子，跟刚才那床花色不同。

"走这一路我也留心看，有的人床上铺得棉棉的，境况还好。你们家确实可怜，有铺的没盖的，再给你一床。"说着，火儿把被子轻轻递到秀儿老太手里。

相处这么久，我以前总认为火儿性格木讷、不善言谈，现在却越来越觉出他的心其实很柔软。

他总是为村里的大事小情默默操着心，凭着一个农村干部的本心干着许多力所能及的事。或许在旁人看来，一床被子再小不过，但对于最需要它的人来说，恐怕啥都替代不了这份"暖和"。

可能是事发突然，秀儿老太一时不知嘴里该念什么样的词，只是抱着被子站在原地，望着我们笑。

临别时，我无意间瞥了一眼墙上贴的"特困供养人员照料服务明白卡"，照料护理人那一栏里填的竟然不是秀儿老太，而是一个叫"泽云"的人，而且照料人和被照料人的关系还是

"父女"！

群娃子她爸，不是30多年前就过世了吗？这回我真被弄糊涂了。

02

"泽云是谁？"

"你每天都见呀，就是打扫村上公厕的那个老汉。"经"小李子"这么一提醒，我好像有点印象，可他和群娃子是怎么成的"父女"？

"小李子"笑而不答。只说下雨天可能人都窝在家里，去泽云家一问便知。

"小李子"引的还是上次去秀儿老太家的路线，只是这次雨水把土化作泥，脚底有些打滑。到了门口，一个穿着宽大灰色西装的中年男子正在劈柴，"小李子"上前问："龙娃子，泽云在屋里没？"

龙娃子抬起头看了看，不搭腔，一溜烟朝屋后跑去。秀儿老太见是熟人，端了板凳迎出来。

"这一家子分了三个住处：老二早嫁人了不算，秀儿老太跟群娃子一个屋，泽云领着大儿龙娃子和彪娃子（龙娃子的儿子）

一起住,老三虎儿一家在前面巷子,不敢全放在一堆嘛。"说着"小李子"给我使眼色。虽未全部明了,但能猜出个大概:虎儿正常娶妻生子,但龙娃子的孩子恐怕……

"下这么大雨咋还入户?"泽云老汉从屋后头转过来,跟"小李子"熟络地打招呼。

"小李子"笑着给我介绍:"说起来我们还是夜珠沟[①]的亲戚,'自明登万传,世泽含延心',同拜一个老祖宗,名字写在一个族谱上哩。他是咱金米的老上门女婿,来了有30年了。"回头又拍了拍正要坐下的泽云老汉:"你孙儿彪娃子呢,咋没见跟着?"

"叫精神病院接走了。"泽云老汉说的时候,我一怔,随即从眼前的一张张脸上望过去,他们的表情几乎都没有太大变化,应该是对这事早就习以为常。

要说秀儿老太成家的年代,婚姻法中关于旁系血亲结婚并未明令禁止,[②]当时山里的老百姓对此也不以为奇。但龙娃子出生于1970年,也就是说在他10岁时,新婚姻法中便明确规定了禁止结婚的两种情形:直系血亲和三代以内的旁系血亲;患有

---

① 夜珠沟:柞水县一地名。
② 《中华人民共和国婚姻法》(1950)第一章第五条规定:其他五代内的旁系血亲间禁止结婚的问题,从习惯。

医学上认为不应当结婚的疾病。

一想到龙娃子的儿子彪娃子因为上一代甚至上上一代人婚姻的不幸，延续被救济的命运，不知何时是尽头，我的心情瞬间跌到了冰点。

但这些我无法对面前的两位老人言说，只得委婉地问了句："彪娃子的妈妈……?"

"也是个瓜瓜不灵醒，前几年跑了，到现在没音信。"还没等我说完，泽云老汉连声叹气。提起别的还好，一谈到龙娃子的婚姻，他有说不出的苦。

"不给娶就不得成嘛，村里有不说好话的人故意挑唆，说泽云还能当你爸，当爸咋不给你说媳妇？鼓动龙娃子不好好干活，在家里和我闹。"泽云老汉无奈地摇着头，感慨他这上门的后老子实在难当。

"我也念过初中，并不是不懂得天理国法，但人活在世上还有个'情'字。虽说不是亲骨肉，可他喊我一声爸，看着龙娃子孤零零也是真可怜。"

泽云老汉一发狠，回老家卖掉了托父亲照管的几头牛，硬着头皮花"重金"从邻村给龙娃子说下个媳妇。因为两人没有办理结婚登记，还被罚了一笔款。

自始至终，龙娃子一直背对我们，一根接着一根劈柴，放柴、劈下、码齐，极其规律。

秀儿老太守在他旁边，半天没有开口，突然她像是受到了惊吓一般指着龙娃子说："他半岁那年我在坡上修地，把娃放在柳筐里，眼看有块石头松了朝着娃的头砸，我抱着石头一起滚啊滚下坡……"

03

泽云老汉比秀儿老太小8岁，上门那年他35岁，那是他退伍之后10年的事。

泽云老汉当年在紫阳当铁道兵。那时候，他每个月最盼望的事，便是收到一封远方的来信。

那个和他相好的女同学，两家仅相隔一条河，每天一呼一应相跟着走七八里路去上学。

但等他退伍回来，女同学却已经和一个男干部订婚。此后近10年，他一直打光棍。

后面的事，泽云老汉再没往下说。信里写的啥他推说自己年纪大全忘了，却记得他和秀儿老太的媒人叫王志安，是夜珠沟早些年搬迁到金米的。

两人订立婚约的时候，由小组长说事，立下字据：泽云老汉承担秀儿老太家之前欠的外账，同时把秀儿老太的子女抚养成人；秀儿老太过继一个孩子随泽云老汉姓，这孩子给老汉养老送终。

对于改姓，老三虎儿最早是不愿意的。他一到能出门打工的年纪，就跟着村里的叔伯出了远门。到外面别人问他叫啥，他报上谢家族里"志"字辈的本名，绝口不提继父给他取的"含"字辈的新名。

为这事，泽云老汉生过大气，一度委屈到寄信给虎儿说他要卷铺盖走人。

但回头看看这一大家子，他又不忍心。用他的话说，这是一家子可怜人，也是一家子老好人，重情重义。

秀儿老太不识字，但她记性不差，她常念叨："为给我治心口痛，泽云贷款贷了三个乡镇，从阎王殿里把我硬拉回来。"

她记得虎儿13岁那年，正月十七她又犯了病，疼得在炕上日夜闹腾。距家最近的黄金卫生院要等正月二十以后才有医生上班，看门的是虎儿他二舅。

泽云老汉打发虎儿去买药，头一次吃了闭门羹，虎儿回来急得哇哇哭。泽云老汉从墙上扯下一片纸，写了个字条，让虎儿再去，说这回肯定给。

"他写了个啥我没问。"秀儿老太双手交叉往袖筒里塞了塞,脸上挂着平静而恬淡的微笑望着泽云老汉。她只知道每次遇着事,家里的这个男人总会有办法,却不知道他用了啥办法。

"我写的是:若念一母同胞,请速拣药;若不念一母同胞,请速回处理后事。"泽云老汉一字一顿地说,右手手指一笔一画地在左手手掌心里写。看着看着,我和"小李子"眼圈都泛了红。

泽云老汉到底没走,他张罗着给虎儿成了家。外人谁也不知道是虎儿当父亲之前还是之后,他跟自己的继父交了心,他的孩子理所当然随了泽云老汉的姓。

雨越下越大。有族里的媳妇趁着地里有墒情,来找秀儿老太讨菜苗,一不留神差点滑跤。但她看到绿油油的菜苗随即又十分高兴:"婶娘,茄子栽荚,辣子栽花,你育的苗现在移栽刚刚好。"

"什么是茄子栽荚、辣子栽花?"我问。

"大概意思就是呀,茄子苗要趁着它小的时候移种,而辣子苗呢就算等到已经开花了再移也没关系,这两个根系特点不一样。""小李子"一看秀儿老太她们说不上来,抢着给我解释了一番。

刚对着我说完,他又数落起泽云老汉:"下雨天门上这么泥,咋没见你来找过我们?"

泽云老汉连忙摆手,他给我们掰着指头算:群娃子的特困人员供养金每季度1540块,龙娃子和彪娃子两人吃二档低保,一月领920块,自己当过兵,国家一个月还给补贴400块……

"咱倒是给国家做了啥贡献么,不能再有非分的要求。"

前几年,泽云老汉自我感觉身体挺好,还想出门打工自食其力。但人家老板要来他的身份证一看,年龄超60岁了,给了他来回车费外加两天工钱,叮嘱他好好回家。自此他再没好意思外出寻活,现在在村上干保洁,每天手脚不闲,心里也安宁。

"做饭吃吧。"秀儿老太突然说。

泽云老汉抬头望了望:"天还没黑。"

我望着泽云老汉和秀儿老太,不由得在想,什么叫作"相依为命"呢?又感叹,贫穷真是一个恶魔,它让人近亲结婚、有病难医,而这些又反过来导致了贫困加剧甚至代际传递,秀儿老太传给龙娃子,龙娃子传给彪娃子。

但这次从秀儿老太家离开时,我的内心少了些许悲悯。就像那句农谚说的,"茄子栽荚,辣子栽花",万事万物都有它的规律。哪怕对于这金米村里最贫困的家庭来说，外力的救济和内力的自救从未停止过，有泽云这类人，那它就一定会有好起来的那一天。

回头再看这雨幕中的院子，天然古朴，极符合余村村干部说的"坑坑洼洼，能躲青蛙"的乡村民宿模样。或许有来金米投资旅游的商人能相中它、改造它，也未可知。

敬老院

01

小岭镇敬老院里住有8位金米村的老人，吴泽林是其中一位，64岁，聋哑，孤寡。

吴家是金米村里的小户，却出了村子历史上头一位教授，便是吴泽林的侄子吴振强。

吴教授在陕西师范大学计算机科学系任教，研究方向是网络安全，经常天南海北地出差搞科研，回金米的时间有限。吴教授的父亲在世的时候还好，他天天都把吴泽林这个聋哑兄弟带在身边，也没出过啥大差错。

但吴教授的父亲一走,家里整个乱了套。先是吴泽林跟自己的大嫂子——吴教授的母亲合不来,经常吵仗闹气,回回吃饭找不见人。再是大哥离世对他打击太大,村里的闲人又爱逗惹他,他急躁起来下手没个轻重,把人打得鼻青脸肿,好几回闹到村委会。

"实在没办法,我只能请村干部出面,帮忙联系了敬老院。"一提起叔父在敬老院的生活,这位1968年出生的大学教授就像个幼儿园小朋友的家长,激动地给我翻看院长发来的照片,"这是前几天有人过生日,他争着帮忙切蛋糕。"

吴教授说,几乎每周小岭镇敬老院的裴院长都会给他发照片,告知他叔父的近况。前段时间叔父摔伤了右腿,也是裴院长陪着去医院看的病。

小岭镇敬老院就在原黄金乡的集镇上,位置很特别,隔壁是小岭镇九年制学校,对面是小岭镇黄金移民安置小区。

应声打开那扇黑色铁门的,是一个圆脸、大眼睛,染着亚麻色头发的漂亮姑娘,原不过30出头。一问却不禁令人大吃一惊,她便是敬老院院长裴丽艳。

跟在她身后的几个女护理员看上去年纪大些,但都是浅蓝色制服,化着淡妆,十分干练。敬老院地方不大,三面楼一面墙，围出一个四四方方的院子。

我到的时候，大部分男性院民穿着统一的紫红色短袖、棕色皮凉鞋，聚在活动室里看电视。如果细看，还能发现几个"花衬衫"分散坐在他们中间。

吴泽林也在里头，我便站在门口等他。斜对面，北边那排房门口的长椅上，一个花白胡子的老人，戴着黑框眼镜，手里捧着本书聚精会神地读着，旁边一个头上绑了条桃红毛巾的同伴时不时望望他。

"这是金米村的张远发老人。他心肠好，以前常给敬老院扫院子。从去年开始身体不大好了，腿不能动，我们见天气好就抬他出来晒晒太阳。"裴丽艳蹲下去给老人理了理衣领，他比其他人多套了件衬衫。

我曾听正森说起过，张远发老人是村里最年长的党员，今年96岁了，支部换届选举时还特意将老人接回去过，每年"七一"前村干部也会来敬老院看望他。

"2018年6月30日去，老人正在午休，看见是村里的人来，忙从兜里掏出一个手帕，一层一层叠着，第一件事是交党费。"正森是个感性人，他至今提到这一幕还感动不已，在党员大会上跟大家讲过好几回。

过了好久，老人缓缓抬起头。见着我们，露出嘴里仅剩的两三颗摇摇欲坠的牙,满脸毛茸茸的胡须像是要飞舞起来,衬得他整个面庞温和而慈祥。

吴泽林看完电视出来了,瞧见一个拄拐棍的老伙计在往后院厕所的方向挪动,忙跑过去牵起那人的手,要引他去。走到半路被一个管理员挡住,叫回他的房间,另换了旁人去帮忙,他激动地比画着,看上去有点不太乐意。

我仔细打量,吴泽林个头不高,通身皮肤黝黑,浓眉,大耳,睫毛长而浓郁,衬得一双眼睛眨巴起来像个孩子,活泼,也略带顽皮。

我问裴丽艳能明白他表达的是什么意思吗,她帮我翻译道:"(他说)我的舍友去世了,跟那个人一样拄拐棍。"

又补充说,吴泽林是个热心肠,爱帮别人,也爱惹事,但日子一长,他很会看管理员的眼色,惹事少了,别人打架时他还劝架。

裴丽艳指着我,比画着告诉吴泽林说是他侄子托人来看望他。老人瞬间情绪高涨,做出一个转方向盘的动作。

"(他说)我的侄子会开车,很厉害。"

在场的人一起给他竖起大拇指。他受到了鼓舞,高兴地冲我挤了一下眼睛,又开始一串比画,其中有一个特指胸部的动作。

"（他说）我家隔壁的女人，在外面路上走，我在楼上的窗户边看到了。"

裴丽艳翻译完，给我讲起吴泽林的趣事。说他2019年刚来那会儿，每天一吃完饭，就拉上自己的小皮箱闹着要回家。管理员不给他开门，他就气呼呼地守在大门里头。再到饭点，冲进食堂填饱肚子，吃完饭又猫着腰拉上箱子要走。

"老吴，现在叫你走，走不？"一个系着围裙的管理员进来打趣他，说着做出一个要去开大门的动作。

他一把上去把人拦住，指了指床头的柜子。"（他说）柜子快空的时候，我侄子就来了，我出去走丢了他找不见我可咋办？"他的柜子，常常是满的，那是吴教授给他送来的衣裳、鞋，还有奶、糖、饼干等各种零食。

02

与市场化运作的养老院完全不同，敬老院里住的老人大多为"鳏寡孤独废疾"者。像吴泽林这样有亲人惦念、逢年过节能被有血缘关系的人探望的老人，其实是极少数。

我曾在陕南山区就农村养老的现状做过为期一个月的采访，

当地民政干部、敬老院管理人员、村干部共同的看法是：敬老院里的五保老人是农村最可怜的人，也是最幸福的人。

他们无妻、无子、无房可住，敬老院是他们最后的也是唯一的可去之处。他们在这里吃住，在这里离世，若不是国家给建造的这处遮风挡雨的港湾，这些或智力残疾，或肢体残疾，或瘫痪在床的老人，何以为家？

说其最幸福显然有夸张的成分，但这里的老人衣食无忧确是事实，而且随着国家对于养老问题越来越重视，敬老院里的文化生活、医疗保健都有了更好的保障。

但因为工作环境压抑、管理难度大，年轻人一般很少有愿意来竞聘敬老院院长这个岗位的，也很少有人能竞聘得上，一是沉不下性子，二是吃不了这份苦。

小岭镇敬老院的上一任院长蔡金莲在这里干了9年，直到退休。离开之前她做的最后一件事，就是说服儿媳裴丽艳来竞聘，而且她最终得偿所愿。

对裴丽艳而言，自己当初从甘肃天水嫁过来的情景仍历历在目。

面朝着连绵不绝的大山，送嫁的父亲哭了一路，他可怜自己的女儿从此孤身一人，要在这深山里生活。而她的母亲因为身体原因,直到去世也没能来女儿家看过一眼。

好在裴丽艳的公婆十分疼爱她,舍不得她出门打工,敦促她趁年轻学点技术傍身,于是她利用带孩子的间隙自修行政管理,还自学了一些护理知识。

"这些专业知识在院长招考时派上了用场,20多个人竞争,相当激烈。"这份工作得来并不容易,裴丽艳很珍惜。

全省特困人员供养金的标准都是一样的——每人每季度1540元(包括电价补贴),供老人吃饱穿暖没问题。这位"85后"的女院长当家后,小岭镇敬老院的风格更多了些欢乐甚至浪漫。

春季里,裴丽艳带着厨房的嫂子们去坡上找野菜。地菜花、马齿苋渍成酸菜,老人吃了降血压;挖回来的新鲜荠菜,包饺子最好不过;藤叶略带苦味,但焯了水、泼上蒜泥,仍是穿越岁月不变的美味。

老人们的胃口时好时坏,因此大锅饭常有剩余。剩菜剩饭倒了可惜,裴丽艳就在后院养了两头猪。她打算等猪崽长大,给老人们熏腊肉吃,这比在市场上买划算,也更放心。

每到傍晚,为了让老人们多活动活动腿脚,裴丽艳就当"娃娃头"跟大家玩老鹰抓小鸡,或者现学现卖一段最时兴的广场舞。她还时不时发一段抖音,内容多是老人们吃饭、择菜或者玩乐的场景。

偶尔她出差几天不在，回来就有老人拉着她的手哭，还有的把自己藏了很久的好吃的往她嘴里塞。

"其实这里的老人特别简单，你给他吃好、穿好，他就很满足。但凡你再给他剪个指甲、喂个药，他那种依赖，真像孩子对妈妈。"

03

敬老院虽好，却不是家。不到万不得已，亲属不会把老人送到敬老院。

像金米村二组小组长谢志平的叔叔谢立伍，也属于五保，但谢志平是决计不会让他离开自己的。

"我俩相差 10 岁，打小在我奶奶跟前一起长大，说是叔侄，其实跟弟兄伙一样。"谢志平在河堤上张望，刚才有人给他提供线索，他叔在这一带捡废瓶子。

他言说从前山里头医学不发达，小娃生了病，大人只好用土方子给喝麝香，因用药过量造成终身残疾的比比皆是。谢立伍就是因为这成了聋哑人，无妻无子。

谢立伍他妈为此怨恨了自己一辈子，临终前留下遗愿，让大孙子谢志平发誓照管好他这个聋哑叔叔，不受冻，不饿饭，不被人欺负。所以，哪怕志平媳妇十多年前出车祸摔成半身不遂，哪怕两口子还得勒紧裤腰带供养三个大学生，他们也从未动过把叔叔送到敬老院去的念头。

在谢志平看来，在家养叔叔，是孝；把老人寄到敬老院，是推脱责任，是不孝。

谢志平待叔叔如同亲父。你啥时候去家里看，谢立伍的床铺总是绵绵软软的，被太阳晒过的被子仿佛还沾着点青草香气。"呵，要是换身体面衣服再瞧，谁认得出他是哑巴？"

谢志平对"孝"的认识，也是农村人普遍的认识。也正因为如此，金米村里总共有29个五保户，大多由兄弟侄儿当监护人。

人常说"金窝银窝，不如自己的狗窝"，话虽糙，但理却是这个理——老人在家里横平竖躺都由着自个儿，身心自由。亲属们哪怕自己过得也艰难，都不肯一送了之，落下个"不守孝悌"的名声，被别人在背后指指点点。

这便是乡村社会，除却村里的党政主导，农村自有其独特的伦理，这甚至是维持其运行的规则。这种"规则"，一年又一年沉淀着、固化着，几乎成为一种"法则"，违者即为人唾骂、不齿。

金米是这样，别的村庄概莫能外。

古　寨

01

正森至今都疑心，我那天到底有没有爬上王家沟的古寨。但极华大叔一口咬定我上去了，他也只能干瞪眼在我俩身上搜寻了一圈，暂且作罢。

说实话，我确实没能站到山包顶上，而是在距离古寨垂直高差百十来米的地方停下了。确切地说，如果我胆敢松开面前那棵胳膊粗的耳树，我不敢保证我会不会立时三刻从直上直下的坡上滚下去。

金米山上有古寨这事，是我去陕师大见吴教授时，在他打开的一个名为"金米村发展定位与思考"的文件夹里发现的。这个文件夹从2018年10月一直记录到我到访的前一天，里头提到的休闲养老产业、农产品深加工、商标保护等词儿常能从正森的嘴里听到。不难猜想吴教授也是正森的"智囊团"成员。

唯有这古寨，我还是第一次听说。

按吴教授的说法，这山寨群在山顶绵延3公里，所用石料大小不一、形态各异，最大的每块足有四五吨重。照他推测，这些石料是通过村委会对面那棵大核桃树旁的一条石槽运到山顶的，而且这山寨并非一次修成，应该是多个朝代所建。

"寨子守着两条河，山上红军和土匪打过仗，从山顶上可以看到小岭镇政府。金米的山寨文化景观要是能被开发出来，就有了独特性。只要能让人静下心来感受，这个旅游就成了。"这是吴教授的设想。

恰好不久前，陕西师范大学地理科学与旅游学院的师生到金米来给实践基地挂牌，我与研究自然地理的岳大鹏教授有一面之缘。于是我便提议吴教授抽空约上岳教授，一起上山去考察。

回到村上，我起了个话头，极华大叔也来了兴趣："不光有寨子，还有石头洞哩。以前的人用石头在山头砌一个'圈圈'，住在里面'躲反'，躲土匪、躲国民党。洞里有水有粮，现在还能见到烧煳的玉米粒，都是逃命用的。建在很危险的地方，要攀着树上去。"

他和吴教授是小时候的玩伴，两人的先辈最初到金米落脚的地方，就在王家沟，对这片山头可谓知根知底。

可我一说想要上山去看看，极华大叔立马作了难："人都搬下山了，没有路了哇。"正森他们几个也犹豫，说哪怕是像吴教授这样在山里长大的人，面对退耕还林后"野性十足"的山林，也不敢叫他贸然上去。

见我一再坚持，极华大叔最先软了心，提出由他陪我走一趟。他是村上护林员的头头，这几年还常带人上山放烟熏烧染病的松树，有七八成把握摸到古寨。

凌晨5点钟，我刚打开房门，就瞧见极华大叔穿了件白衫子，背上一顶草帽，手里还拎着把镰刀，站在村委会广场上等我。

"你婶子早上刚给你烙的核桃饼，也不知道你喜欢喝啥，'娃哈哈'行不行？"说着他从布袋子里给我掏吃的。我笑着挡了，这会儿太早，胃里实在吃不下。他又原模原样封好，说等我饿了再给拿。

我们顺着村道往南走，一边走我俩一边互相戏谑。"你为啥带把镰刀？""割草用嘛，给你开路。"说着他在空里比画了两下，问我："那你为啥在书包上挂个香包包？""我怕咱遇到蛇嘛，里面装着雄黄，给你驱蛇用的。"

极华大叔听了咧开嘴哈哈笑，说这山上的蛇没毒，听见脚步声早早便顺草溜了，真正要防的是葫芦包①，那东西蜇了人要命。

正说着，就在要过河的当口儿遇见一个人，背着半袋豆种子说要点到地里去。他脚步轻，转眼便不见了踪影。

太阳光还未完全播洒到山涧里，石头望上去是乌青色的，一脉细细的水流既不莽撞，也不温吞，钻过乱石缝隙不知疲倦地涌向社川河。

逆流而上，岩石上伸展出的各种藤藤蔓蔓越发稠密起来，叶片颜色也逐渐显了出来，透着亮的嫩绿混着黄、褐以及叫不上名儿的渐变色，比站在大山之外看要丰富有趣得多。

"山能保川，川不一定能保山。"极华大叔一路感慨，"高一丈不一样，阴阳坡差得多。阳坡不收有阴坡，东方不亮西方亮。"

灾荒年山外各处的人逃到这山里，盖一间茅草屋，以山梁为界，便开起荒来。山里头庄稼种类繁多，这一样无收那一样丰收的年成，在山区是常有的事。

山救了人的命，但人却贪婪起来，乱砍滥伐，前些年山洪如猛兽下山，冲堤毁坝埋房的惨状隔几年就要上演一回。所以

---

① 葫芦包：胡蜂。

老一辈的人选址建房子，最重要一条——离河道远。人们被洪水吓怕了。

"原本这山上还住着三户，享受国家移民搬迁政策，全部下山。有一户你认得，就是在村委会对面摆摊摊的那个姓罗的女人。"

极华大叔这么一提醒，我想起来，这罗家婶子黑黑瘦瘦，一张嘴很会做生意，曾经5块钱销给我一大袋红叶李，还约我去她家买萝卜干。她家紧挨着村委会，崭新的大红漆铁门。

"说曹操曹操到！"极华大叔这么一喊，上山坡给辣子苗锄草的罗家婶子和下山坡点豆子的男人都停了手，聚到一堆。聊起来才知道，原来两人是姐弟。

寒暄完，我们继续赶路。对于这对姐弟在山上种地这事，我连忙低声请教极华大叔这是否符合政策。

"现在人日子好了，愿意跑大老远来种地的人是极个别，而且这些小地块就是种几窝瓜点几苗豆……"极华大叔正说着突然停了下来。

只见他快步走到草丛里，捡起一根被砍掉首尾两端、剥掉树皮、浑身裸露出白色纤维的木棍，端详了一会儿，又生气地放回原处，"挖药材的人干的，剥得太狠了。"

我听村里人讲过，金米的山上长着许多野生中药材。筷子粗的藤上结五味子，进了农历七月，五味子红了，漫山遍野都是人，老百姓形象地称它为"钱串子"。最近挖的是连翘、何藤根，还有黄姜。

"你一会儿尽量不挨着树走，药被挖了，会有大坑。"极华大叔说完抬头望了望，又搬了块平整的石头，擦净，"吃点喝点，好走的路这就到头了，接下来都是难爬的坡。"

02

极华大叔一点也没夸张，果然是没有路的。

他先捡了根树枝，用手掰了掰，韧性够，于是放心地递给我做拐棍，然后跟变魔术似的，一截一截寻出被枯叶、杂草湮没的"路"来。偶尔他也犯迷，犹豫不定该往左还是往右，便叫我原地等着，他踩实了攀上去，再转回身来拉我。

道越走越窄。贴着山体走很容易被枝蔓上的小刺刮伤，但若稍稍把身子倾斜出去，又怕一个趔趄滚下坡。我们一路艰难地"Z"字形前进，也不知走了多久，眼前出现了一片竹林。

"这老汉，看样子耍懒不上来打毛栗子了，竹林子也撂下不管了，搁往年这里早早就收拾出一条便道来。"极华大叔说完，又自顾自地补了一句，"也是，老汉都70多了，还让他干到几时？"

极华大叔提起竹林的主人，倒让我想到，从前金米的乡亲大多都是在这高山上种地、半山坡生活的。他们或蹙眉或咧嘴笑的表情，他们长满老茧的双手，他们说话的语调，与这大山腹地的一草一木勾连起来，过往和现实交织，轮番在我脑海中浮现。

我发现，在村干部无意识的指引下，我关注了不少脱贫户。而这些经受过贫穷的"小人物"，无一例外地展现出农村人最可贵的若干美德：善良、乐观、豁达、坚韧、仁厚。

那么是否可以说，是苦难成就了美德呢？

我认为不尽然。俄国作家陀思妥耶夫斯基提出了苦难美学，文学界又对其多有批判。从真实的乡村生活中看，苦难激发并考验着的人的美德，于顺境中的人是锦上添花，逆境中却愈显弥足珍贵。

这便是为何我们本能地对这些人肃然起敬的缘由。我们不歌颂苦难，我们热情讴歌苦难中的奋斗。哪怕经过这场轰轰烈烈的脱贫攻坚战，这些人的苦难命运已经彻底扭转，他们的下一代再也不会重复那样的境遇，但我依旧希望，这些高贵的品德能一代一代传承下去。

"快看，走一路就只见了这一窝，赶紧拍张照。"极华大叔突然激动地指着不远处一块大石头，它身旁是两朵怒放的橙色小花。

我误以为是农家院里常栽种的金针菜，极华大叔告诉我这是野百合，难得一见。即便近在咫尺，我也没敢轻易上前，因为它周围没有可靠的支撑物。

越往高处爬，树木越发稀疏，太阳也渐渐大了起来。我感觉我就像一条被曝露于山野间的虫子，身体里的水分在迅速蒸发，以至于我不停地想找水喝，但又不得不极力忍耐。

极华大叔的手机震天响，是正森打来的。我们钻进山里已经快三个小时了，正森是个细心人，他必然要问长问短。顺便他又问，年满60周岁老人的社保卡资料存在哪儿，镇上管民政的干部急着要。

空山幽静，连平常混在一起的鸟叫到了这里也能分出高、中、低音来。刚才突如其来的那段手机戏曲铃声一瞬间给了我灵感。

住在村里数月，我曾无数次渴望走进大山的"内心"，循着蛛丝马迹，探寻生活在这片土地上的人的精神渊源、行为方式的根本，却始终云遮雾绕，不得其门。

此刻却忆起小时候看过的秦腔戏《清风亭》来。蒲剧、徽剧、京剧、川剧、豫剧等均对此剧目有所演绎，传播遍及大江南北，影响力不可谓不大。

剧情大约是这样的：嘉庆年间，薛荣妻妾不和，妾周氏生下一子，被迫抛于荒郊，由膝下无儿以磨豆腐为生的张元秀夫妇拾得，取名张继保，抚育成人。

13年后，张继保在清风亭与生母周氏相认并被带走。张元秀夫妇忍痛割爱，自此贫病交加，沿门乞讨。后张继保上京应考得中状元，衣锦还乡，至清风亭下马歇息。张老夫妻前往相认，但张继保忘恩负义，不肯相认。二老激愤至极，碰死亭前，张继保也被暴雷殛死。

清代戏曲理论家焦循曾谈及他幼时观看《清风亭》演出，观众"其始无不切齿，既而无不大快。铙鼓既歇，相视肃然，罔有戏色；归而称说，浃旬①未已"。

此剧又名《天雷报》。

中国传统社会极重视道德自觉。譬如"善有善报，恶有恶报"的朴素价值观念通过戏曲演绎、神话传说等形式深入人心，

---

① 浃旬：一旬，十天。

在文化更新速度缓慢的年代于乡土社会中沉淀、蔓延、渗透，构筑起一个组织内人们共同信守的价值体系，通过子孙繁衍至今仍深刻影响着群体的行为方式。

我不知道这是否算窥得村庄内里的一角，只是倘若从这个角度出发，我在村里的见闻便可以有一种合理解释——浸染在"仁义礼智信"的传统文化之中，有些情感显然超越血缘，却又如同吃饭穿衣一般，自然而然。

03

按极华大叔的估计，再有个百十来米就能到达古寨了。但我已经到了每向上走一步，都要靠他帮扶的艰难境地。

使尽浑身最后一点力气，我抓住斜上方一棵胳膊粗的小耳树转了个身，用右腿支撑好以后，倚着山坡再也不敢随意动弹。

站在此处，透过密林，虽未看到小岭镇政府，但一组财富湾与二组郭家庄交会处的那片楼房看得明明白白，小汽车像爬虫一样往来穿梭于村道上。

极华大叔的家也在其中。许是站在老家、眺望新家，万般思绪涌上心头，他突然感慨："要搁10年前，这样的日子咋敢想？"

那些年钻在商洛大山里采访，我也常为普遍存在的贫困而担忧。即便住着外表刚粉刷过的房子，打开门，留守老人的午饭也可能是咸菜加发霉的蒸茄子。而行走在村道上，偶遇智力或肢体残疾村民的概率要比山外高出许多。

今昔对比，我们这一老一小在山上以地为席，聊起国家这些年的帮扶，无意中聊出一件帮扶干部与贫困户之间的趣事。

"小李子"是驻金米村最久的工作队员，长达5年。平常大多数贫困户见了他都稀罕得不得了，只有顺儿（化名）不待见他。

顺儿的包扶干部是"小李子"同单位一个还没结婚的小姑娘。见有女孩上门嘘寒问暖，他逢人便说这是政府派给他的媳妇。顺儿甚至还用攒下的低保金去凤镇给"媳妇"买衣服，吓得这名女干部再也不敢独自上门。

见女孩总不来，顺儿就在家里哭。还不来，他就一天天坐在路上等。"小李子"实在看不下去，就拉着顺儿骗他说："那是我媳妇，我让她回家去了。"

顺儿的心思算是了了，但从此与"小李子"结了"仇"，见了他就指着骂"坏人"。"小李子"索性自己当起了顺儿的帮扶人，笑称一定要"化干戈为玉帛"。

这是一个让人"笑着哭，哭了又笑"的故事。显然"小李子"没有办法帮智力残疾的顺儿解决婚姻大事，但村里人无不感念这位帮扶干部的良善。

"'小李子'三句话不离他的帮扶户，眼睛一天直勾勾都在这些人身上。"极华大叔一边讲一边抹泪擤鼻的，说连他也舍不得"小李子"走，他走了大伙都不习惯。

"鳏寡孤独废疾者皆有所养"是孔子在《礼运大同篇》中对理想世界的描绘。千百年来，包括康有为、孙中山在内的无数仁人志士更是将大同社会作为其毕生追求。脱贫攻坚，同此追求。

其实从小岭镇敬老院供养的五保老人身上不难看到，社会救助矫正"市场失灵"，大同社会所向往的这一兜底保障已经实现。用历史的眼光看，这是了不起的成就。

还有更多的力量在加入。

我的老师、西北大学公共管理学院的博士生导师高晓彩，常年带着她的团队扎在秦巴山区，研究残障人口的生存状况、行为问题及影响因素。这些科研成果又通过智库进入政府政策制定的议程当中，既观照现实，又志在阻断贫困的代际传递。

有学者说，如果一个社会能使处于最不利地位的人得到最大可能的利益，那么这种社会制度的公平性就优于其他社会。

到了这里,我此行的目的已经实现,这些是在宽阔平整的柏油马路上无论如何也想不通透的。是否能亲眼见到古寨,早已不重要了。

极华大叔安顿好我,把布袋和镰刀挂在树枝上,独自前行,他的速度快了许多,一转眼蹿进山林便不见了踪影。约莫半个钟头,他又闪出山林,高兴地冲我喊:"照片都采集上了,下山。"

望着直上直下的山坡和越升越高的日头,我想起谁跟我提起过的"柴溜子"①:"要不我滑下去吧。"

"那可不敢,地上都是干毛栗壳,会把屁股扎破的……"还没等极华大叔说完,我已经"哧溜"往下滑了一截。果然是有毛栗壳的。

极华大叔教我把腰挺直了走,我控制不好平衡,坚持不了一会儿还是弓成虾米。于是一路向下,他都紧紧攥着我的手,横起一只脚来护着我。

人说秦岭是父亲山。望着眼前这位和我父亲年纪相仿的老文书,干瘦、驼背、秃顶,和所有饱经世事沧桑的父亲别无二

---

① 柴溜子:以前人上山砍柴,为了省力,便开辟出一条小道,将柴火从山上滚下河道。

致，他有山一样的坚毅、忍耐，寡言却慷慨。

眼看快到沟口了，我们掏出最后的两瓶水一饮而尽。极华大叔用习惯性动作准备甩出空瓶子，又猛地下意识收了回来，塞进包里。我俩相视而笑。

第四章

当初从山肚子里掏出来的东西，最后又回到山肚子里去了。

将台子

01

村史馆总算能看出大模样了，正森组织村干部开会讨论，评选道德模范，挖掘"孝义文化"，让大家在思想道德上也富起来。他说这是乡村振兴的"里子"之一。

要评道德模范，极华大叔自然呼声最高。

柞水历史上原属"孝义厅"，名字由来便是周宣王贤臣张仲侍母的故事。3000多年前的古人只能放在展板上瞻仰，身边的例子却实打实地感染人。

没想到极华大叔却一拍大腿，说："我们兄弟姊妹都是考学出去的，就我留在'农业社'，他们出钱我出力，管自己的老娘哩还要啥表彰？"

他马上又话锋一转："我给你们提个人，徐啟珍！她男人在床上瘫了20多年，不离不弃啊。就算翻遍金米的沟沟垴垴，再不可能找出比徐啟珍更好的女人。"

火儿的情绪也跟着起来了。2011年7月，徐啟珍家在将台子①上的老房被雨下垮了，火儿当时是小组长，招呼人给搬的家。说起来那次真是惊险，搬走的第二天房子旁边的山就发了泥石流。

"金米的女人没有受过的罪她都受过，这道德模范绝对当得。让那些不照看老人的、夫妻不睦的、丢下娃娃不管的都要知道，这世上还有孝义二字。一个家团结了，一个村才能团结。"就着话音，火儿用两只手比画了一个圆圈儿。

他们说得我心动，可徐啟珍早不住将台子了。她家是贫困户，享受易地扶贫搬迁政策，在黄金移民安置小区有了一套75平方米的房子。

"正好我要去接娃放学，学校和小区两对面，我带你过去吧。"监委会主任江长宏的儿子炜炜在小岭镇九年制学校念书，他在小区里租了间房，每到这个点儿就得接娃出来午休。

刚好徐啟珍家是他包扶的，由他陪着去也合适。

长宏安顿好炜炜，买了点营养品，带着我熟门熟路地找了

---

① 将台子，金米村小地名，银矿所在地。据说唐朝时名为王洪、孟寇的草寇在此地开挖银矿，设有点将台，两人归顺后朝廷曾派1万多人开过三年银矿。

过去。

"去年她老伴还在,要常推出去晒太阳,为方便轮椅进进出出,我们给申请了一楼。"长宏敲门,来应门的是徐啟珍的大女儿汪霞。

她跟长宏一通推让:"咋好意思每次都叫你破费。"然后朝她妈的房间指了指,悄声说,老太太这会儿情绪不太高。

徐啟珍正在瞧墙上挂的一张旗袍照。与她真人对比:额头上的疤连带抬头纹都被抹平了,一双弯月牙样的眼睛看不出丝毫浑浊,向外散发着慈祥的光。那因为常年在坡上割麦打豆变得粗糙松垮的皮肤,也回到了当姑娘时的模样。

汪霞却不大满意:"妈,你要拍照我带你去正规照相馆,你看这胳膊和腰,就不是咱自己的嘛,花这30块钱不值当。"

"我看照相摊摊上拍的人多,觉得还好看哩。"徐啟珍搓着她那关节严重变形的手指,说,"去年你爸走了,我一个人孤单得很,心情不好,身体也不好,就想拍张照片给你们留个念想,我也不知道到哪一天逃不逃得出来……"

汪霞闭上嘴再也不敢吭声了。趁着徐啟珍去上厕所的工夫,她把声音压到最低,说:"我妈查出来抑郁症,只要她顺心,我们都由着她。"

"小时候多渴望有个完整的家,现在国家给盖了个新房,可惜我爸只在这儿享了一年福。"汪霞说,她爸去世以后,她妈在这房里待不住,正好她引娃念书,就也住过来,能陪着她妈。她还得一天变着法儿给老人找点事干,免得老人胡思乱想。

02

也许是电视上正在播王宝钏与薛平贵的古装剧,让徐敂珍想到了什么,她从里间出来,手里捏着一张身份证复印件。

"这是'老三','老三'是我们那个的小名。"她指着照片上的人,有点羞怯,"出事之后照的,有点瓜子相。出事前他一米八的大个儿,长得魁梧,人也热情。"

我娘家姊妹八个,嫁人是我大姐说的媒。那个时候将台子是金米最好的地,大人们说:"哪儿能挖上地,哪儿就好。"

"老三"字写得好。他只念到五年级,娃她爷说读书没用,种地有用,回来在小队上当会计,账算清得很。等到我们四个女儿上学,他把念书的希望全(寄)托上了。

家里人口多开支大,他就去银矿打工,我种地做家务。

矿上活重，他下班我从来舍不得让他沾一点农活，我一个人能干动。他就常在放学路上等女儿们回来，让默生字、背课文。

那天下午2点钟，有人来叫我给"老三"送衣裳，我说再过一个小时就下班了送啥衣裳？一早上我就心神不定的。

我跑去矿上看，听到人家在议论，七孔流血，当时说得我一下子就瘫了。一路走，看到路上有血迹，后来又听人说抬人的木板上全是血，只得把木板扔了。

我眼看一辆白车翻过山梁去，就赶紧撵。到了县医院人家挡着不让我进，手术做了好几个小时，护士换着出来倒桶里的血。后来我想到人可能不好，就偷偷进去病房，我抱着他，身上像生铁一样，我的眼泪水滚啊滚啊……

很明显，长宏在出神，我甚至从他脸上看到了恐惧的神色。缓了半天，他才开口："1998年9月27号那天我也在井下，就和汪师傅一个班，是他救了我。"

我初中毕业回来在银矿上当临时工，跟的第一个师傅就是汪师傅。井下干活是四个人两两一组，我和汪师傅一组装车。我年纪小爱犯懒，经常在躺下休息的时候就睡着了，被喊醒时车都已经全装满了，是汪师傅一个人干的。

我们干活在一个75度角的斜井里，人站在第一平台上，用绞车通过轨道和矿斗，把矿石运到上面的第二平台。出事那天，矿斗上的钢丝绳脱落，矿斗弹了回来。

我记得我们背对矿洞站着，汪师傅突然大声喊："长宏，这声音不对劲，快跑呀。"一眨眼的工夫，我大脑啥都不知道了，眼睛里全是灰。

长宏说，事后他才晓得，两个矿斗把汪师傅碰倒了，头上撞出一个大血洞。要是那两个矿斗飞向另一边，那天倒下的人不是汪师傅，而是自己。

大约也是第一次听人讲起当时矿洞里的详细情形，徐啟珍扯起袖子来擦眼睛。这几年她总觉得眼睛里没有光，看啥都模模糊糊的。

人昏迷了半个多月才醒，脑子伤得重，撞坏了管说话的神经。右腿粉碎性骨折，续不上钱，打不上针，拖成骨髓炎，后来又把身上的骨头取下来做植骨手术，遭罪。到最后过世也是这条腿要了他的命，骨头都是黑的，我三天打不开眼睛。

现在贫困户都是"先看病，后给钱"，那时候没有这政策，人也不重视工伤。跑去银矿要一次只给几百，医院却张口要2万，我一夜间头毛全急白了。

我越想越气不过，好人进了洞子，弄成了这样。我把麦子搁在坡上，去找陕银矿的人，把管事人的皮夹克死死拉住，求他给药费。一个保安过来抓住我的头发使蛮劲推，把腰弄坏了。

他们还报了警，说我闹事。大队上吴久文支书来了，拍着桌子吼："你把她抓走，抓走了你看这一家子咋办？"

可能是触碰到了她去讨钱那段最痛苦的记忆，徐敞珍越说越激动。其实医生有过叮嘱，她的病不能受强烈刺激，但谁又能挡得住她回想起这些最刻骨的事呢？也许这正是她晚年抑郁的一个病根，及至老伴去世，一下子引发了。

03

"妈，娃儿该起床上学了，你去送吧。"祖孙俩出门，长宏也跟着一起。汪霞这时再也忍不住，用手使劲把脸捂起来。

我给她递纸,她接了过去:"人都说,善良的人有好报,但为啥我妈的命这么苦?"

我爸在医院住了七年,我们一家人在医院过了七个年。有一回涨水,我妈上不了县城送饭,我和我爸一把葱、一把挂面吃了一个星期,那时候我们连五毛钱的菜都买不起呀。

但家里谁苦都苦不过我妈。我爸出事那年我16岁,我四妹才8岁,我妈一个女人靠啥养家?她只能种地。

她一个人种了十几亩地,玉米、土豆、黄豆,天不亮就上坡,八九点回家做饭,饭一吃又上坡,中午从来没歇过。

我四妹想帮我妈做饭,但她太小了,不知道煮面条该用凉水还是热水,就一把撒下去。洗锅的时候,又掉进锅里,幸亏当时水不太烫。

我们住在山包包上,挑水要到沟里去,妹妹们就用饮料瓶往回装,因为我妈看见了不让挑,"你们太小了,不要把背压驼了。"她一次挑好多水,时间长了水里面都长出了虫子。

晚上,等月亮出来了才打麦子。用纤担挑回来,一边两捆。大暴雨来了,我妈去坡上抢麦子,那次她差点被暴雨呛死。雨下得太猛，房里一个柱子倒了，我妈带着全家人在门框下躲了一夜，想着那里结实点。

见人家穿裙子，我们买不回来，就把床单裹在身上当裙子。四妹去上学，看着别人都穿漂亮的鞋，她的鞋老有洞。因为交不起60块钱的教育附加费，她被老师在大会上指名道姓地喊，回来和我妈抱头痛哭。

有时候真怨我妈，为啥把我们生了这么多，她真的太不容易。我和妹妹跪在地上看着天上的星星："你说，这个世界上有神仙吗？"

徐啟珍送完外孙回来了，她应该是在门外听到了大女儿说话，但从她的脸上看不出太大的情绪波动。她默默坐回小板凳上，声音绵绵软软的，就像自己在跟自己聊心事。

有人劝我，算了，你走吧。中间我也想过要走，这过的不是日子，屋里实在吃不上喝不上，我得去要饭。但我想了两个月，我走了，他可怜，没有人照顾。

我起来从将台子往大队走，从大队往镇上走，从镇上往县上走。到了县委，我不识字，看到一个屋里插了三个红旗，我就进去找。

人家听我讲完,说咋还有这么可怜的人,就给我写了个条,让我去民政局。民政局的人说:"你们这么可怜,我们都不知道,为啥不早点来找,我们就是管这个事的。"给了我300块钱,还有米、面、油,后来又专程到医院来看,看我们没有被子,给送的被子。

现在唐局长、童局长他们都退休了,有时候在县城遇见,人家不会认得我们,但我们要一直记得人家。

徐啟珍总记着别人的好。这些雪中送炭的民政干部是好人,给她家送轮椅的残联干部是好人,帮他们办低保、移民搬迁、残疾补贴、大病救助的镇村干部是好人。

就连当年她在玉米地里挖了一挎篮野油菜去卖,包食堂的人见她可怜,每斤多给了她一毛钱,这事她也一直记着。因为那次卖菜的21块钱,是她给老四汪荣攒的学费。

二女儿汪斐在他爸出事的当年就辍学了,一想起这事徐啟珍就说心口疼。她从没忘记丈夫早年间的心愿,要让女儿们好好念书。

"我四妹上的咸阳财经,是我妈一手盘[①]出来的,对我爸也

[①] 盘:柞水方言,供。

算是个安慰。"汪霞特别感慨,"我有时候就在想,还是现在好啊,要是按现在的政策,我爸的病可能一年就治好了,我妈根本不用受这么多罪。说不定我们姐妹四个都能成为文化人,要能那样,该多好。"

04

汪霞跟我们商量,她妈最近回忆起许多在将台子的往事,老念叨要回去看看。"也许她回去一趟,心结打开了,病有可能变轻。"

我便和火儿去接徐啟珍,到的时候她正在楼后边的菜地摘菜。

移民小区都是从四邻八乡搬来的人,以前互不相熟。但山里人生性淳朴,刚来那会儿,旁人见她一个女人家推个病人,不是拉裤子了就是尿湿了,常跑来给她搭手。

徐啟珍种的小白菜一长出来,肯定是要先给那几家送的,到现在都成了习惯。汪霞老劝她,给啥都行,但不要给人家代管钥匙,丢个啥说不清。徐啟珍却说,不会。

要回老家了,徐啟珍特意换上一件紫红色的上衣,嘴里一直在说:"把领导都害得,为我操心。"临出发,火儿才想到自己的轿车底盘低,上不去将台子,就跑了一大圈寻了个货车。

这是我第一次上将台子,心里直犯怵,因为估摸不来路的宽度。草木繁盛,鼓着劲儿向路中央蔓延,加之车左右颠簸,每每到拐弯处,人感觉就像随时要掉下去。

火儿开大车出身,走这样的路气定神闲:"去年我开铲车上来给这土路垫过石子,几回大雨冲得深车辙又出来了。"

一路提心吊胆,突然一个弯弯儿拐过来却豁然开朗。没想到在这海拔1000多米的山上,能有这么一片平整的土地。

怪不得金米从前住人的山包包现在都没人了,聚集到了河道两边,但将台子还零星有几家住户,应该是舍不下这山里难得的好土地。

徐啟珍的老邻居张太云正在家剁猪草,听见汽车响,提着刀就跑出来。"呀,啟珍回来啦,火儿老表也一路啊,一会儿搁家吃啊。"

人越聚越多,妇女们亲热地把手拉了又拉,张太云说徐啟珍变年轻了。"那时候你头发成天蓬着,脸蜡黄,干完这又要干那,受尽了折磨。现在总算是熬出来了,跟着女子们要好好享福。"

"我还想等将台子开发了,回来山上卖水哩。"徐啟珍一说,大家七嘴八舌地问火儿:"都说将台子要开发了,几时的事嘛?"

火儿却挠着头,有些为难:"有人提过要做高山康养,银矿要能开发成矿山公园,这个事盼头能大些。但光凭咱村上干不了,得看上面的政策,还得要有大企业愿意来投资。"

但火儿安慰徐啟珍,有朝一日将台子真的开发了,村上肯定第一个请她回来。

又过了一周,我和极华大叔去县委办事,等人的间隙在体育场坐了一会儿。"你看那是谁?"极华大叔大喊。

我远远望见,徐啟珍陪着一个孕妇在散步。那是她家四妹汪荣,我们曾有一面之缘。

四妹很漂亮,白白的皮肤,大大的眼睛,一条浅蓝色的连衣裙恰到好处裹起她怀有八个月身孕的身体。她那恬淡的表情,让我想起将台子上开满山坡的小雏菊。

我想告诉她,她小时候上学时那条漆黑的路早已被山林覆盖了,再也看不到痕迹。希望她心里的创伤也能一点一点抚平,再也没有褶皱。

还未恭喜,徐啟珍家马上又要有新生命诞生了。

金米村的"布达拉宫"

01

火儿这几天情绪总不大好。我追着问了好几回，才撬开他的嘴。

说是马房湾村的一个小组长，在执行防汛防滑任务的时候不幸落水，村民们沿河道寻了三四天，刚从百十公里外的一个水库把人"接"回来。

"这还是我一个远房老表，身后留下四个娃儿，往后咋个弄法嘛！"他连着叹了一串气，"政府说给赔50万，但家属说同样是因公，赔的跟公务员和厂矿企业职工没法比。唉，村干部，死了都跟人家有那么大差距。"

毫无意外，这话自是引来正森私下里一顿批评教育，说他压根儿不该这样去比、这样去想。我知道，毕竟是没了个人，谁心里都不好受，难免发几句牢骚。

又到了汛期，正森、火儿他们几个越发忙了。小岭镇包村的方翔宇已经传达了镇党委、政府的指示，最近村"两委"干部必须24小时待命,严禁饮酒。

村里的应急避灾安置点也安置停当。除过村委会大楼,最大的点放在陕银矿招待所。

好几次经过陕银矿门口,只窥见里面绿树成荫,但直到今天才头一回进来。一踏进院子,仿佛瞬间回到了20世纪八九十年代,红砖木窗,迎面的楼顶上立着八个大字:艰苦奋斗,勤俭高效。

"八五"期间,陕银矿是国家十大银矿之一。联想到院墙之外就是金米村百货大楼的旧址,还有对面大门紧闭的黄龙山小学,这里当年可是一个繁华之地。

这个安置点避灾时总共能住32户116个人,是火儿在这儿负责。他带我进到楼里头转了一圈——别瞧外面旧,房间里的整洁程度却不输给县城的宾馆。

"铺盖都是陕银矿提供的,每天派人给打扫。正森又说妥了借下半边灶房,从村里找了两个妇女专门做饭。"

自打来到金米,我听过不少陕银矿为村里做的事:修路、招工、助学、村里建党百年文艺演出厂子里也给了资助。

但此刻站在这里,我的心情是复杂的。

当然这绝不仅仅是因为我见过徐啟珍,深切同情他们一家的悲惨遭遇。银矿鼎盛时,金米有 200 个壮劳力在这里务工,尽管当矿工意味着高收益,但矿难也是一代人的伤疤、村庄的伤疤。

其实徐啟珍的大女儿汪霞早已想通透,要是 20 年前能达到现在这样的劳动保障、医疗技术、教育帮扶,她的人生可能完全是另一番境遇。

火儿见我半天没说话,便告诉我说:"银矿有将近 10 年没再开采喽,人在银矿学下手艺,又跑到别处去打眼、放炮。跑得最远的杜波,说是到了啥子白俄罗斯,高工资。"

一边听着,我的目光不经意间落到山头那座奇怪的建筑上。它整体呈白色,顶端高耸入云,空中好像还架着一座桥。

"那到底是啥地方?建得蛮阔气。"以前眼睛总盯在木耳基地上,来来回回在村里串,这么一座庞然大物立在那儿,倒真没深究过是干什么用的。

"你问这个呀?我们银矿的人管它叫金米的'布达拉宫',其实是我们的选(矿)厂和采(矿)厂。"

陕银矿宣传部门帮我约的人到了。

来人是留守在厂子里的一位姓潘的主任,约莫 50 岁,关中人,身上自带一股豪迈,说话很是风趣。

我辗转联系到他，原本的请求只是进矿洞看看。见上面，又认了老乡，他的热乎劲儿上来："待会儿带你整个走一圈，看个够。"

02

正森刚从镇上开完会，说好直接到"930矿洞"跟我们会合。

银矿的人习惯用标高来命名矿洞，这"930矿洞"也是采矿厂的所在地。我们朝将台子走，沿途不时能看到废弃的矿车。

"柞水所有的矿都在一个矿带，自西向东，分别是菱铁矿、铜铅矿、银矿和金矿。"潘主任告诉我，金米的银矿采了20多年，其实井下还有矿，但留下的品位比较低，"重新办井下采矿证得几千万，企业得要考虑市场行情，划不划算。"

不过他说凡事无绝对，那得看领导的决策。

我好奇："现在矿上处于停产状态，职工工资靠啥发？"之前在村里走访时，遇到有些村民说是当年陕银矿的合同工，现在每个月还能从企业领到点钱。

"你说的是实情。现在厂里留了百十号人，主要是后勤，生

189

产线上的人全放了，但给发部分工资。这多亏了我们转型及时，把年轻的骨干技术人员派到内蒙古、塔吉克斯坦这些地方去，专门承包选矿业务，才养活了留下来的人。"

说着话时间也过得快，眨眼就到了。我上回上将台子，几乎没有注意到路边还有这么个破破旧旧的院子。

"前一阵有人在这儿拍电影哩，在村里招一个群众演员一天给50块钱。"火儿对着我说。

潘主任听到了，鼻孔里哼了一声："租场地的小伙子也说是老乡，你看拍完电影把院子弄了个乱七八糟，说好的费用一分钱也没给。我也不催他，凭个人良心。"

举目望去，几台生锈的大型机器早已断胳膊断腿，估计是被人偷偷卸走了零件也难说。荒草在砂石间生长着，蔓延过两旁的旧房子，铺展到嵌在山石间的一个红铁门脚下。

我朝那铁门走去，嚯，一股寒气直把我往外推。到跟前才闹清楚，这不就是矿洞的门嘛。只是它的头上被各种藤藤蔓蔓遮盖着，偏巧脑门处开了几朵紫色的小花，反倒更显荒凉。

"现在看着怪荒的，红火时500多号人呢，矿车每天都进进出出。"潘主任喊来看门的师傅，也是金米村里的人，到楼上给我们寻出四套工装，还有安全帽。

"井下常年保持在16摄氏度,这个季节进去冰火两重天,寒气渗进骨头里可要得病的。"

我们正在拣选衣服,正森刚好到了。

"咦,这还能过一回当银矿工人的瘾,可了不得。你们不知道,我小时候呀,碰到穿这身蓝色工作服的人从身边过,简直羡慕得流口水。"

"不说你,我媳妇他外甥江峰你听说过吧?他家老屋就在将台子上,当年没考学之前,给他爸说他这辈子做梦都想当银矿工人。谁知道工人没当上,现在在北京混成教授了。"从火儿脸上的表情看,他也跟正森一样兴奋。

进了洞子,并非漆黑一片,顶上有灯,昏昏黄黄的无法真的看清什么。岩壁上不时有水滴答下来,落在矿车轨道上。正森说把我夹在中间走,这样安全些。

"矿石被采出来以后,顺着竖井或者斜井运上来,再通过轨道拉出去。你们村上的长宏以前就在这儿开小火车。"矿洞里风大,好在潘主任声音足够洪亮,听起来不算太费劲。

我深一脚浅一脚地走着,脑子里回忆起长宏曾经给我描述的画面,75度角的斜井、绞车、矿斗……

从矿洞里出来,满目青山,连空气都是甜的。

03

"歇好没？好了咱们就走，去爬金米的'布达拉宫'。"

潘主任一挥手，真有那个年代鼓足干劲大生产的感觉。

正森撵了两步："潘主任，我正说问问你呢，县自然资源局地质环境监测站的吴存德站长你认得吧？上回他陪着西北大学的教授来看泥石流地质灾害监测点，我俩谝了个帮子。就说不是要建矿山公园么，咋又没见动静了？"

我插了个话。这个问题，在我发给陕银矿的采访函里也提到了，陕银矿的副总经理杨兵给过我回复：

金米在搞现代农业产业园，与资源型企业的发展是有矛盾的，企业也在思考这个问题。

2019年县上给我们发过函，忘记是以小岭工业区管委会还是柞水县人民政府的名义，管委会也带人来看了好几次，我们赞同政府将银矿纳入"工业遗址项目"。

但我们不能投资。国家有规定，国有资产不允许投资非主业的项目。这个还是得地方政府主导招商引资，如果有人看上了，可以租赁，也可以买，我们全力配合。

我们停产时做过规划，古人采矿的点、七八十年代采矿的点、近期采矿的点，如果要建矿山博物馆，这些都是现成的，有故事可讲。游客可以穿过河道进到矿洞里，体验矿石是怎么挖出来的，矿石里面有用的成分如何提炼，满足人的好奇心。

矿山公园也是展示人类矿业文明的窗口，我所知道的，潼关金矿资源枯竭以后走的是这条转型的路子。

"要是能建成那对村上发展旅游肯定有好处，绿水青山，矿山公园，再加上木耳，山的内涵也能讲出个一二三来。"

正森说完又自我调侃了一下："有些话是人家吴站长说的，我现学现卖。"

潘主任点了点头。

爬了半天坡，我总算是见到选矿厂的"真颜"了。近距离看，最让人震撼的是红砖垒起的高墙。墙上还有一排攀爬的把手。之前看到的桥比想象中要窄很多。

"矿石通过天桥运上来，到这里先破碎，再上球磨机，达到300目就可以初选。加水，好矿浮上来，再选一道，脱水。600吨一个批量……"

穿过寂静无声的选矿厂房，看着阳光斑斑驳驳洒在生满铁锈的机器上。我叫不上它们的名字，这些曾经日夜热闹轰鸣的大家伙，躺在这里，或许只有住在隔壁的看守人偶尔才会看它一眼。不过他也快退休了。

门外的三个人还在热烈讨论着，椿树沟的老尾矿库已经按照国家的要求闭库，覆50厘米土，复绿，要不了多久又将成为一片山林。

当初从山肚子里掏出来的东西，最后又回到山肚子里去了。

撤 校

01

在几乎整个金米村的人看来，长宏可算是村干部里最柔瓤①的一个。

那天，全县党建观摩到了金米村，正森抱着话筒站在村委会的大广场上给领导们汇报："比如说我们的监委会主任江长宏

---

① 柔瓤：柞水方言，大意指人性情柔和。

同志，有几回村上遇急事给他打电话打不通，开民主生活会我们就把这事摆在台面上说，大家红红脸出出汗嘛。"

那天正午太阳大，音响又连一丝杂音都没有，广场对面那几个摆摊的妇女仿佛也在往这边瞧，空气里火辣辣的。

忙毕了，村干部们照旧围在灶房那张老八仙桌上吃蒸面。正森撩起衣服朝他那张酷似"黑包公"的脸上抹了把汗，说："我这人就爱说个直话，长宏你可别多心啊。"

"支书，确实是我不对，不对要是还容不得人批评，那就更不对。"多年的发音习惯，长宏说话吐最后一个字的时候总有点咬舌。再配上他那永远慢条斯理的语调、略带羞怯的笑，还有包在嘴里想蹦却蹦不出来的词儿，足以让人感受到他的诚恳。

但谁也未曾料到，就是这样一个瓤人，却在金米村干了一件震惊四邻的事——想凭一己之力保住黄龙山小学。

还是回到2019年秋季开学那天说起。

整个暑假，长宏都在村里挨家挨户跑，想弄清楚还有多少人愿意让娃留在黄龙山小学念书，结果令他坐立不安——只有11个。这意味着，金米村最后一所小学快要保不住。

好容易挨到报名那天清早，长宏左等右盼，又少来了2个。更糟糕的是，黄龙山小学的大门一直紧闭着，任谁也无法感受到一丝迎接新生入学的气氛。

要论起这座黄龙山小学的"资历",得是长宏的父亲辈了。金米村人口口相传:早年间人们为了纪念一位济世救人的中医,在山上修建依泓公庙,1950年庙堂改学堂,1968年学堂又从山上迁至米汤街附近。

最红火时,黄龙山小学有280多名学生、13名教职工。皂河村、蔡玉窑镇的学生娃翻山而来,陕银矿的子弟也在此就近入学,在全县的教学评比中这所学校常常榜上有名。

村里的瞿明亮老师在这儿教过半辈子书,他最骄傲的是有一届毕业班带的65个娃娃,个个成器。"你说窝在家里的算混得不好吧,嘿,还有人给我当过小组长哩。那些个飞出去的就更不用说,念博士的、当律师的、办企业的,能从咱这穷山沟里闯出去的人他差不了。"

但那已是从前。其实从2012年起,黄龙山小学已经算不上一所完全小学了。六个年级一年一年减下来,它像极了一位老人风烛残年,拢不住人了。

到底是谁败了这所家门口的学校呢?村里许多人都在骂那个白天晒暖暖、晚上打麻将,却在学生作业上连个叉叉都懒得画的年轻老师,骂他不会写教案羞先人,骂他祸害了自家娃娃的学业。

虽然在此之前，黄龙山小学就已经和大多数的村小一样，因计划生育政策、农村人口外流、教育理念改变等诸多因素作用，生源逐年减少。但金米人对于学校开始衰败的记忆，却是从那个"晒暖暖"老师开始的。

人们如惊弓之鸟。这样下去怎么得了呢？以前山里人穷，没办法，有的早早就让娃弃学回家干农活，现在条件好了，十个有九个把孩子念书当第一。

于是，一部分人主动出山，一部分人咬牙相随，还有一部分人跟风而起，浩浩荡荡的陪读大军开进街镇，住在县城。而那些经济条件差或者实在抽不出人手陪读的家庭则进退两难。

长宏家，属于后者。

长宏蹲在学校的墙根下，只觉得脖子发酸。五六个小时过去了，始终没见着老师的影儿。

这些年，长宏跟他的同龄人一样，为了两个娃儿念书的事费尽了周折。大女儿江楠念书那会儿跟前没有幼儿园，他只好托母亲把孩子带到30多里外的凤镇去，寄宿在亲戚家。原以为上了小学总能安稳几年，谁承想还没等到江楠升初中，黄龙山小学的五、六年级就因报名人数过少而被撤。眼前，他又在为小儿子炜炜念书的事心焦。

当然，话说回来，长宏也不光是为了自个儿家。金米村地形特殊，上下蜿蜒 8 公里，财富湾、郭家庄两个组距离黄金的小岭镇九年制学校不到 5 公里，学区也划分在黄金。但上三组没了黄龙山小学，最远的一户娃娃上学单趟得跑 11 公里。

之所以挑这个头，也是他作为村干部分内的事。

长宏的手机终于响了："不开学了，各人赶紧自己想办法。"另外 8 个孩子的家长听见立马炸开了锅，有妇女扯着哭腔："我早就说该花大力气把娃儿转到县城去，现在两脚都踏空了。再不下黄金去报名，这还有没有的书念啊？"长宏牵着炜炜，站在一旁默不作声。

撤校的事虽然跟村民切身利益相关，但却没有人会为此举行一场听证会，村民们没有话语权。长宏的脑子里一直盘旋着两句话："你得有一定数量的学生呀，有学生我才能给你派老师。""只有上面派好老师，才敢叫娃儿回来念书。"村民与教育部门各执一词，这根本不是他能解开的扣。

"走到这一步，我也尽力了，没得办法。可咱们心里都清楚，这一断线，想再续起来就难了。"长宏停顿了好一会儿，不无悲壮地说，"我想只要有学生，教育上总会派老师的。让我的娃儿在这儿再坚持一年吧，说不定教育上有改观了，最起码学校里这些东西都还在。"

又过了一个周，一个叫陈思良的年轻老师背着铺盖走进了黄龙山小学。村民路过校园门口时，偶尔能听到孩童稚嫩的读书声。

2020年秋。黄龙山小学再无一师、一生。

02

江峰带着妻儿老小从北京回来了。

因为新冠肺炎疫情的缘故，他已经两年多没有回金米。放眼望去，老家的变化是真大。

"你回来晚没看着，各组木耳房都是满的，今年雨水好，产量不赖。东北技术员帮忙联系的客商，上周把货全清了。"他的小姨父火儿挺自豪。

正森还让火儿给江峰捎话：上次村上请众能人回村建言献策，江峰教授因为路远没能赶回来，深以为憾。这次请他务必抽时间给村"两委"班子讲一节党课，提振一下大家的士气。

江峰在村里的头号粉丝——他的表弟、五组小组长赵乐莉教育儿子浩浩："我听你爷说，你表叔在黄龙山念书那会儿学习也不很好，但升学的关键时刻人家发奋了。你看后来，念完博士分配到北京教育科学研究院，成了老师的老师，连你姑婆都被接去享福了。"

"哈哈,我小时候岂止学习不好,不怕你们笑话,我数学好像还考过零蛋。"江峰一手搂过浩浩,一手抱着他的小儿子瑞瑞。今晚他就歇在小莉家,门口那条社川河对岸,就是他魂牵梦萦的母校黄龙山小学。

那时候江峰一家还住在将台子上那几间土坯房里,每天早上5点钟起床,他便要跟随哥哥姐姐下到河里,踏着石头步子[①]成群结队去上学。当年的社川河可不像今天这样慈眉善目,一到汛期,河水就要出槽,发很浑的水。有一回,江峰差点被水冲走。

"我让你走中间,你逞能说你是男孩,要走边上,一个水头打过来就把你冲跑了。"江峰的二姐后来哭着回忆,"我们用好长的树枝才把你捞回来,那天要不是汪老师及时赶来,可能就没你了。"

汪全模老师,那是江峰关于黄龙山小学最明艳的一抹记忆,就像天边刺破乌云的那一道霞光,照亮了他的整个求学之路。但如果要描述得更准确些,其实江峰是被敲醒的——那从天而

---

① 石头步子:放置在水中供人过河用的石头,整齐排列,相邻两块石头之间仅隔一步之遥。

降、磕着"梆梆"响的大烟斗，不偏不倚，正砸中他的脑袋。

"我是龙凤胎，小时候身体很差，学习经常在班上排倒数。父母不会教我认字，但眼睛一瞪特别吓人。他们也常给我做利弊分析，你的前途在哪儿？说不好好上学就回来放牛吧，或者挖地。我想，放牛倒轻松，但挖地就难了。"江峰还记得，瞿明亮老师曾因他的小脚奶奶在寒风中被批斗这件事而怜悯他，进而教育他要帮家里人争气。

可到了四年级升五年级的期末考试，江峰还是考了倒数第一。按学校的规定，他得留级。但这事戏剧性就戏剧在，最后时刻，他发现自己的卷面分少给了两分，如此一来，他就反超和尚沟的邓治广成了倒数第二。倒数第二可以不留级。

这下邓治广可不干了，两人你哭罢来我又闹，弄得老师们哭笑不得，只好勒令两人一起写下保证书：必须考上初中，否则再不能回黄龙山小学补习。江峰的压力一下子大了。

放学后，汪全模老师常把江峰留下来温习功课。汪老师爱抽旱烟袋，有天瞅见江峰走神，一烟斗打到他的脑门上。那滋味他直到现在想起来都钻心疼。"但就是那一烟斗却打醒了我，如今回想真的是感激得不得了。"

小莉他爸闷着头，一根接着一根抽烟。老爷子也是从黄龙

201

山小学退休的。

"人常说棍棒底下出状元,我还不很打娃,但凭啥带过的班能在全县数一数二?说白了,当老师啊它是个良心活,只要老师踏实,没有教不好的娃。"依他看,当年那13个教师之所以能那么硬,就一条,"我们的思想是朝大家想,不朝个人想"。

"这么好的一所学校,怎么能干着干着就关门了呢!"江峰长长叹着气。

白天里他牵着瑞瑞去学校门口看过,"前方学校,注意儿童"的交通提示牌还在,院墙上"优化育人环境,培养新型人才"的标语也没有明显被雨水侵蚀的痕迹,但学校大门上着锁,门缝中还横七竖八插着些柴火棍。听小莉说,去年冬天闹过一次贼,小岭镇中心小学赶紧派人把里面的30多台电脑搬走了。

"小莉,你媳妇拽在外处引娃儿念书,你能供得住供不住?"江峰突然问。

小莉挠了半天头:"不瞒你说,哥,前几年我在宝鸡干工程,还凑合。今年村里人把咱看得起,我当着小组长兼木耳管理员,这两项收入一年有个2万多。后半年这个大的升初中,小的念幼儿园,我寻思让都到县城去,他妈好引。就是听说县城租房一个月得700,我还正想说你在县上同学朋友多,看能不能给寻个合适的房,这一陪读,三年五载怕也完不了。"

江峰没直接说出来，小莉媳妇陪读上不成班，娘儿仨的花销一股脑全压在小莉一个人的身上，怎么得了。他瞅着他这表弟，不到40岁就已经满头白发。"咦，小莉，我记得我上次回来你头发比现在还黑点呀。"

小莉在自己头上撸了一把，冲江峰做了个鬼脸："嗨，哥，你又不是不知道，我打小就这样，少白头。"

03

谁也说不清楚"要学校"这事到底是从哪儿起的头，但江峰那天给村"两委"班子讲党课时无意中提到一件事：北京市为了能给密云、房山的农村小规模学校留住好老师，按照距城远近分阶梯给老师们加工资，最多的一个月高出4000元。正森、火儿、长宏他们几个可全把这话拾到耳朵里去了。

火儿还立即想到了一个人——邹胜东。"这可是咱金米人，之前在马房湾小学①当校长，现在到柞水县城教书去了。我希望把他请回来，城里工资还低些。"

因为老二豪豪今年没考上高中，火儿眼眶红红的。一提

---

① 马房湾小学：马房湾村与金米村相邻，位于上游，正森的未婚妻金霞在马房湾小学任教。

起娃儿念书这事,他显得有点激动。"虽说人现在经济都宽裕了,但在教育上花费太大,一家一户的不显,493户加起来这成本不敢算。要是能把黄龙山小学要回来,配上几个好老师,咱们村的小娃儿就不用跑十几公里甚至几十公里,拽到别处去念书。"

正森不说话,却转着头把在场的每个人盯了一遍,这是他准备说话前的习惯动作。

"火儿刚算的是经济账,这里头还有个社会问题不知道大家想过没有?许多家里都是女的陪读,男的天南海北地挣钱去了,夫妻两地分居,长此以往就牵扯出一个家庭稳定的问题。可别把这不当回事,村委会是要负责矛盾纠纷调处的。

"作为村支书,我考虑最多的,还是学校对于乡村振兴的意义。现下我们要做金米的中长期规划,延长木耳产业链,丰富乡村经济业态,没有80后、90后的年轻人回流,光凭我们几个村组干部怕是举步维艰吧?家门口有所好学校,我们去劝人家返乡创业都多了些底气。

"我的感觉里,村子就跟人是一样的,经济发展、社会治理、文化传承,它是个有机整体。那靠啥在其中提振士气、增加凝聚力和战斗力?我觉得离不开学校。我爸在农村教了一辈子书,他说:'好的教育不功利、不计得失,它能教会娃儿热爱生他养他的这个村子,不嫌弃它,将来学了本事好报答它。'"

距离2021年秋季开学还有一个多月。江峰觉得,为了金米,为了黄龙山小学,他得做点什么。于是,就有了他和柞水县教育局副局长陈友谊、小岭镇九年制学校校长陈声明的一场座谈。

江峰:我给陈局自我介绍一下。我是金米土生土长的人,现在在北京教育科学研究院工作,主要从事中小学课程研究。

陈友谊:您的名字我很熟悉呀,不瞒您说,我可能是教育局里最老的家伙了。你们那黄龙山小学我知道,20年前我在蔡玉窑教书的时候那可是十里八乡的"名校",有多少学生想挤挤不进去。

县里的情况是这样的,历史最高峰时,全县120多个村办了103所小学,随着撤乡并镇,村小撤了69所,留了34所(包括教学点)。我们撤校并点遵循两个大原则:第一,村组的意见;第二,儿童就近入学是否方便。拉扯得太远的,两三个娃的教学点也必须保留着。

江峰:陈局,恕我直言,咱们在经济建设上讲究集中力量办大事,但我不是很赞成教育上也如此。集中力量办一两所

"巨人"学校,"圈养"最好的生源,其他学校的优质教育资源却被蚕食,这会加剧教育的贫富分化,甚至引导一种逐利的风气。

我给陈局汇报,我在北京几乎每周都要开车到密云、房山一带的小学去调研,那里的山区学校有的很偏僻的,比我们这里的路还要难走。为了给老百姓办好家门口的小学,北京市出台了几条办法:提高边远地区教师生活补助;优先晋职晋级;乡村的优秀教师进城,城里的名师再回到乡村去反复锤炼。现在那些三四十人的乡村小学不仅没有衰败,而且有很多名师争着抢着去。

陈友谊:江教授,您说得对,现在农村教育确实处在一种艰难境地。我们柞水县城总共才2万多人,去年我统计了一下,从幼儿园到初中,每年至少1300个学生进城。政府建学校的速度根本赶不上生源增长的速度。

这里头主要的影响因素还是师资。名师往大的学校流动,孩子也跟着走,县城里形成超大班。政府只能不断扩建学校,从乡下选拔老师,招聘的过程中弄得下面学科设置残缺不全,结构也不合理,家长更进一步把孩子往城里赶,形成恶性循环。

陈声明:江教授,我是小岭镇九年制学校的校长,每年新生开学第一件事，我们就是组织学生学习"黄金四教授"①的事迹，榜样教学的效果非常好。

咱们学校现在有427名学生，其中金米有63名学生在这里。这几年生源有一部分流往县城，也有一部分往进流，流入的主要原因是学校对面有黄金移民安置小区，生源基本稳定。金米有一些家长也在那儿租房陪读。

刚才江教授提到黄龙山小学，我想到一个现象：营盘镇在搞旅游之前，很多村小学都不行了，只有朱家湾小学保留了下来。后来旅游搞上去了，村里有了产业，很多娃又回来了。其实金米去年也从外面回来了三四个娃，听说是因为母亲在村里的菌包厂务工。

依我看，在城镇化这个大趋势下，要想振兴镇、村这两级学校，核心还是乡村要有产业，要能让农民"回家"。

江峰：实不相瞒，两位，我这次来就是带着金米村老百姓的嘱托，想请教，黄龙山小学还有没有可能恢复？村里复校的愿望非常强烈。

陈友谊：其实我最近一直在思考，乡村教育的发展还是要抓住乡村振兴战略实施的契机。对农村学校的师资，要有更加

---

① 据陈声明介绍，"黄金四教授"是指原黄金乡地域范围内走出去的四名有教授职称的人，金米村占两名，即吴振强和江峰。

有吸引力的举措,甚至建立一些特殊的体制机制。比如说把基层职称比例再加高,看看行不行。再比如说恢复前几年的高考师范定向生,直接定岗到村。现在倒是有优师计划,但比例太低,全县一年只有一两个,解决不了实际问题。

至于黄龙山小学的问题,既然老百姓有需求,也存在上学距离远的实际困难,那么我们就必须考虑妥善解决。只是这生源上……这样吧江教授,您回去务必做做村干部的工作,请他们稳定上一部分学生。一下子恢复一所完全小学可能有困难,可以先恢复一个二年级以下的教学点,这个事尽快给局里报。

江峰从县教育局回来的三天后,正森和火儿拿着金米村委会出的"复校报告"又去了趟教育局。随后就常见正森在金米工作群里督促各组小组长:"抓紧时间多去做老百姓的思想工作,娃儿多了我们申请恢复学校才更有底气。"

听正森的口气,他可不会仅满足于一个教学点。他心中最理想的画面是:一辆气派的校车,每天穿过层层雾霭与山峦,叫醒沉睡的村庄与贪睡的孩童,朗诵不尽那清晨的山花与耳畔的风。

但这事儿能实现多少,得到秋季开学见分晓。

复　校

01

9月1号那天清早，我在西安，火儿突然打来电话。

"学校恢复了！教育局一下子派了六个老师，要不是因为暴雨推迟一天开学，今儿个就能报到！"

隔着100多里路，我也能想得来他打电话时的样子，肯定是激动得手舞足蹈。

一个多月前，黄龙山小学复校还只是一个愿望，没想到正森和火儿他们真把这事弄成了。这就好比当初看到了一幅纸上的画，如今画里的人和事都活生生出现在眼前，那种心情难以描摹。

"有多少个娃娃？"我迫不及待地问。

"按最后一回摸底的数，大概30个。"火儿略微停顿了一下，说，"还不是很理想。刚开始我们决心多大的，最低想保证40个娃。"

我能明白火儿的心情。

他们带着盖上村委会大红印章的申请报告，去县教育局再三争取——长远来看，金米村想要实现真正的振兴离不开这所学校。县教育局也就此召开专题研讨会，最终顶着全县师资紧缺的压力同意复校。

从某种意义上说，这也许是这个小县对于乡村教育的一次大胆尝试：随着撤点并校大潮逐渐趋于平静，政策的利弊得失都在实践当中得以显现。在乡村振兴战略新的时代背景下，以及放开"三孩"这样的新生育政策影响下，教育如何在激活整个乡村社会机体过程中发挥好助推作用？这是一个随时都可能引发激烈讨论的大命题。

争论虽多，但少有这样复校的。如柞水县教育局副局长陈友谊所说，既然村上遇到了这个现实问题，就得考虑解决。如果不着手做，永远不知道结果。

当然火儿是万万想不了那么多。他朴素的想法是，绝对不能因为自个儿工作没做到位，叫不回来娃娃，拖后腿而寒了那么多支持村上发展的人的心。

白天忙，他跟正森连夜黑挨家挨户跑，把68名小学生的家里齐齐访了个遍。跑乏了，正森便脱了鞋敞着肚皮坐在老文书张太泉家门口戳水泡，脚肿得连最大号的拖鞋都塞不进去，只好光着脚走……

火儿兴奋，我当然也十分欣慰，一边听他说话，一边脑子里回想起那些跑复校的事。我能从他的话音里听出来，费了九牛二虎之力争取到复校，学生娃娃人数却跟不上，他还是挺遗憾的。

我连忙安慰火儿："已经很不容易了。听江峰说北京的小规模学校也有三四十人的，关键是要赶快琢磨咋把学校办好，不再重蹈覆辙。"

"也是的。"火儿又高兴起来，"我们准备在教师节搞个庆祝活动，趁热打铁给老师和娃娃们鼓鼓劲儿。到时候你一定要回来，还住在我家，咱们姊妹伙的别想着住别处啊。"

此时沉浸在喜悦中的火儿没有预料到，第二天会迎来一场大风暴，复校差点功亏一篑。

导火索，是那个曾经被村民们撵走的"晒暖暖"老师，他又被派回来当校长了。

"我这辈子没念到书，就盼着娃儿好，看到他气都不打一处来。"听说派这人回来当校长，有村民赶到村委会质问，"村上的信誉呢？还是弄来这种混账老师来哄我们！"

还有人一收到消息，二话不说拉着娃就要去别处报名。正森和火儿像是被火烧着了屁股，但没时间顾着身上疼。他们俩兵分两路，一个去黄金，一个到凤镇，先堵人。

火儿急昏了。他和凤镇小学的校长熟识，关上办公室门给人家说："你们收一个娃儿国家给补贴1000多块钱，这个钱我私人掏腰包给你行不行？只要你叫我们的娃儿回去念书。"

校长被弄得哭笑不得："这事哪怕我是校长也左右不了嘛，必须要个人自愿。"不过面对这样的村干部，他也实在没法硬起心肠来，就给他调了一份电话单。能不能说动家长，只能靠火儿自己。

火儿回到村委会，好消息是正森从黄金带了三个本村的学生回来。但家长们的态度很坚决：不撤换校长，这个学肯定开不了。

这段日子以来，我和村上的干部一起经历了很多事，可以说，没有哪件事是容易做成的。对于村上来说，大小事都得求人，有的事要去求上级，有的事要去求村民。例如学校这件事，向上求教育局给派老师，向下得求村民们把娃娃留在村里小学念书，而这都不是靠一张嘴上下一动就能办成的事。

眼看火儿的情绪一点点低沉下去，不敢想象，要是学校的事黄了，对他会是怎样的打击。

我心急火燎拨通了江峰的电话，看他还有没有办法可想。

江峰也刚刚给小儿子瑞瑞报完名，北大附小。他沉思了一会儿给出了自己的建议：让正森作为村党支部书记兼村委会主任，将实际困难尽快告知教育局。他相信这事一定会得到妥善处理。

正森和火儿上了去县城的高速，再无消息传来。忐忑不安中一直熬到晚上，我才终于等到正森打来电话："换新校长，明天到位。"

正森的语调听上去还是那么轻松，符合他一贯胸有成竹的样子。我没有在电话里追问过程的曲曲折折，依他的性格再难的事照样轻描淡写一句话。

02

其实对于黄龙山小学复校一事，站在事外，我也有过多次思想斗争：抛却情怀，这样做的必要性有多大？几年后会不会走上"撤—复—撤"的老路？

村里产业发展起来了，返乡的人多了，比起前几年热闹了不少，但学龄前儿童显然仍不够多，复校远不是派几个老师那么简单的事，从政府的角度讲，付出的成本很大。

目前复校是乐观地着眼于将来人口的大量回村，基于产业兴旺后的愿望，而现实依然是农村人口外流。设若有一天，学生人数跟不上，恐怕这所小学仍然难保。

还有，都说城里教育资源不均衡，挤破头上名校，而城乡之间的教育失衡更甚。村小不如镇小，镇小不如县小，有钱后村里人也尽量把娃送到县镇，哪怕是陪读，哪怕多花几千几万。这让如金米这类村子一步步走向教育空心化。再说，城里学校多，可以搞划片入学、就近入学，农村呢？

真难！

我想不出个眉目，脑子里一团乱麻。但一听到正森和火儿的声音，我就跟被勾了魂一样，按捺不住，着急要回村里看看。

教师节前一天，火儿说要去接我，我却悄没声地回来了。

刚上到村委会二楼的楼道口，那熟悉的计算器报数声便直往耳朵里灌。探头到火儿办公室门前看了看，果然是二组小组长王晗和中博公司的人在里边算账。

副支书陈明明坐在火儿隔壁房间，一瞅见我连忙招呼我过去喝水。话还没说两句，他却不好意思起来。"我们家那俩崽子，打死不回来念书，弄得我最近都抬不起头。"

我这才知道，动员生源回村远比想象中更加艰难，出于对"新学校"教学质量的担忧，成绩在班上排到前10名的学生的家长极少有考虑让孩子回来的。

正森绞尽脑汁合计出三条优惠政策：家长优先承包木耳大棚、家长优先安排公益岗、用集体经济收入对每名学生进行无差别补贴。

明明咋能不知道这次复校意义重大，他是想带个头，奈何说破嘴皮孩子还是要在"大学校"上学，他最终没能拗过。

"也是的，花台'披头散发'，窗户还有破洞，环境确实比不得镇子上的学校。"火儿一忙完就过来了，他说校舍是这种情况，明明家娃不回来也在情理之中，他能理解。他心里过不去的那道坎，是传财老汉孙子念书的事。

这传财老汉是四组的木耳管理员，早年间在青海格尔木当过兵，身上有一股子认真劲儿。

传财老汉这辈子经历坎坷，儿子小时候因为打了青链霉素中毒变得又聋又哑，找个媳妇也是聋哑人，生下一子一女全凭老两口养活。孙子孙女长大要念书，他只得让两个女儿一人管一个。孙女苗苗功课门门优秀，孙子松松却有多动症，常被老师叫家长，这也让照顾他的大姑越发心力交瘁。

"我们一家六口都有低保吃，衣食不缺。我现在就一个心愿，希望给松松找一个好学校。"

几近 70 岁高龄，传财老汉还硬撑着干瘦的身子骨操着儿孙的心。我至今还记得他硬将松松压在怀里的情景，只有这样才能让孩子安静一小会儿。

黄龙山小学距离传财老汉家不到 100 米，学校开学他便带着松松也来报名。但其他家长不干了，"松松来我娃就不来"，复校一波刚平一波又起。

听到学校只剩下 18 个娃，而且这里边还有想走的，火儿瘫在床上，好长时间都爬不起来。传财老汉到村委会来吵、拍桌子时，他也没能控制住情绪，反问老汉："为啥只让你孙子回来，咋不让学习好的孙女回来？"

"话一出口就后悔了。人说子不嫌母丑，反过来也是一个道理，都是咱金米的娃儿，越是松松这样的咱更应该同情。但你说咋个弄？"火儿问道。

最终松松还是去了别处报名，传财老汉也没再到村委会来。但火儿的心结算是系上了，眉头拧成个大疙瘩，感慨复校这事从前至后他把心都能操烂。

面对面坐着，我能体会他的矛盾与纠结，随口向他提及，曾在西安给松松打听过一家特殊教育机构，但每月的费用最低得 1600 元。

火儿突然又来了精神，直起身子急忙说："托付你再给打听打听，娃儿可怜。"看着他红红的眼眶，我使劲点了点头。

03

一早上忙了四五拨接待，正森总算是回来了。但他又说只有十来分钟空闲，一会儿还要来一拨人。

我趁他喝水的间隙赶紧问："我啥时候能去学校？"

正森面露难色："我给焦校长承诺过，正常教学期间村上尽量不去打扰。让老师们铆足了劲，一门心思把娃们的学业搞上去。"

我心里不觉涌出一股暖流。复校历经艰辛，这么多人到底图个啥？再没有什么比此时听到这样的话更令人慰藉。我向正森竖起大拇指，表示不管等多久都值。

"我猜你呀，现在屁股下就有钉子，一刻也坐不住，想去走访家长了吧？"相处的时日久了，正森对我也是摸得一清二楚。他一边戏谑一边叫我别着急，说已经帮忙联系好了三组的周玉和，人正骑摩托车朝这儿来。

见了面，总觉得这个大眼睛的中年人有点面熟，但又说不确切在哪儿见过。"开党员会，我都认得你哩。"周玉和笑起来有两个酒窝,一看就是个开朗人,打开话匣子合都合不住。

"我大儿子也是在黄龙山小学念的书,现在研究生都快毕业了。"周玉和往下说还有点脸红,"二孩"刚一放开两口子就要下女儿悦悦,也算是赶上了政策红利。

上有双亲在世,下有儿女双全,这样的人在陕西农村被称为"浑全人",亲戚邻里有子女成婚时都是要坐上席的。周玉和又一直在大西沟铁矿当工人,家里经济条件也过得去。

转眼悦悦到了念小学的年纪,周玉和却开始犯愁。"老人住旧房,儿女住新房",这些年农村人为引娃上城里念书,留老人独居在家摔倒没人管的事听多了,他是真害怕。

"我们老人已经80多岁了,总不能只顾着养育后人而不顾前人养育的恩情。"他跟妻子商量,不考虑去县城陪读,最多在黄金移民安置小区租个房,有啥紧急情况能随时往回赶。

没想到就在这时,正森和火儿到他家动员把娃引回来念书。早前他也听人说村干部在跑学校的事,谁知这么快就有了眉目。如此一来,可算是解了他家的难题。

周玉和说,村里有娃儿念书的人家,大都和他的境况差不多。但之所以有那么多人观望,无非还是有一样信不过——教学质量。

"前天,我去学校送接种本,娃们上完课正在自习。有两个跑出教室说一道题不会做,站在操场上的老师赶紧就喊他们班主任。这班主任正戴着袖套在二楼打扫,听见喊声扔了手里的东西就往下跑,差点绊跤。"周玉和埋怨自己嘴笨,那么感人的场景他却表达不好,想拍个抖音吧到现在也没学会。

"反正我看好这一帮子老师,他们挺有责任心的。校长每次去县城,都会问我们需不需要给娃捎书捎本子。娃儿过个桥就到家,女老师们不放心,都要牵着手一个一个给送回屋。"

怕自己还没说到位,他带着手势比画起来:"几个老师虽说是大学刚毕业,但这就跟创业一样,有激情。"

我笑着回应说完全被他刚才的讲述感染到了,他这才放心地"噢"了两声,郑重其事地告诉我,他要把这些亲身感受告诉其他人,把观望的人也召回来。

正说着,火儿来跟我招呼一声,说他趁着这会儿得空去凤镇"下街"一趟,村里想在教师节给老师们备些礼物。我问打算买啥,他说今年雨水多,山里秋凉得又早,想着还是买太空被实用些。

走之前,火儿说正森给他安顿了,在五组帮我联系好一个从凤镇转学回来的孩子家长,叫成珍的。

刚回来的时候便听说,乡村振兴环境卫生整治的项目落在了五组邹氏大院,以脱贫户邹定伟家为原点,周边十多户的花台、院墙、厕所将得到整修。正森没有食言,他竭尽所能让资源在各组之间得到公平分配。用他的话说:"村里的事,绝不偏一个,向一个。"

成珍是邹家的媳妇。我到的时候她恰好在这片工地上忙活,当小工递砖头和水泥,满身满脸都是灰。这是女儿回来念书后她得到的第一份工,看得出来她很珍惜。

她示意我她不能走太远,可能是怕同伴误会她偷懒。我说要不就站在菜地边聊会儿吧,主要想了解一下回来后他们家的生活有啥变化。

"肯定比以前便利多了。以前娃在凤镇上学,一年少说也要多开销两三万,我还被绑着啥都干不成。前头也试过让她奶给做饭,结果老人连燃气灶都打不着。"

成珍说女儿锐锐已经上四年级了,回村上念书之后她很轻省,不用接送,作业每天都是老师看着写完的,她这个家庭主要劳动力彻底被解放出来。"我明年准备包几个木耳棚,名已经报上了,村上说给我优先哩。"

顺着村道往村委会的方向走,意外遇见了一组的小组长陈庆海。之前好几次去县城,都是他送的我,所以很相熟。

他是个脱贫户，全家人搬到了黄金移民安置小区住，村上的房子腾退了。只是他在村上承包了不少木耳大棚，所以来回跑。而且他这人是个热肠子，村务上要是忙不过来了，他常被正森临时抓差。

"庆海大哥，您回来有事啊？"

"我来接女子放学。"

我惊讶地张大嘴巴："你女儿回来念书？你们娃在黄金念书再方便不过了，家和学校就隔一条马路，而且我记得她该上六年级了吧。"

"好多人说我舍近求远，是神经病。"陈庆海笑了笑，说，"但是有没有人想过，支书还没结婚，他连娃儿都没有，他都能想到给我们要学校，我们还是土生土长的金米人哩。"

04

黄龙山小学的大门，打开了。

我曾无数次从这里经过，它都是大门上锁的模样，门缝中横七竖八的柴火棍令它更添窘迫与荒凉。可刹那间，它就这样被穿着雪白衬衫的焦校长微笑着轻轻推开，如同推开了挡在我眼前许久的一块毛玻璃，黄龙山小学的轮廓一点点清晰起来……

焦校长昨晚已经见过。黄龙山小学恢复，正森心热，邀来马房湾小学的一众老师汇聚到金米，正森的未婚妻金霞也来了。这些年轻人很多都是同一批振兴计划的优胜者，青春洋溢的脸庞碰撞出欢声笑语，照亮这寂寂的山村之夜。

不难理解正森个人对农村教育抱有的极大热忱，因为包括他的父母在内，他几乎所有的家人都曾经或者正在从事着这份事业。由此去推导他为复校赴汤蹈火的行为，是完全符合逻辑的，并不必然要用类似"奉献""无私"这样亮闪闪的字眼。

焦校长和正森同龄，他的父亲也曾是一位乡村学校的校长。这个帅气的小伙儿说起话来略带腼腆，毕竟当校长这事对他来说也是大姑娘坐轿——头一遭。

早上6点钟起床闹铃刚响过，我就收到焦校长发的信息，说是今天的家长会定在下午1点，因为好些家长要上山打毛栗子。但是有正森他们帮忙铺垫，焦校长"破例"邀我早上便来。

学校不大，站在操场中央一切尽收眼底：北面那一排低矮的房子，木门窗用红油漆刚刚刷过，这是孩子们的教室；东面的三层小楼，上头是老师们的宿舍，一楼办公；西面是餐厅，学校里管孩子们一日两餐，六年级学生晓军的妈妈是这里的大厨；南面竖着两个篮球架。

大约是正在课间休息，几个大孩子跟老师一起在擦洗教室门前的花坛和旗杆，看样子马上就要完工。两个小姑娘在一旁玩"石头剪刀布"，一个输了，不甘心地瞪了另一个一眼，然后跑过来拉着焦校长的袖子奶声奶气地说："校长，周子悦说她想玩拍球。"

那个穿着粉红色汉服的小丫头刚还在得意扬扬地做鬼脸，听到她的同伴这样说，噘起小嘴反驳："明明是你想玩嘛，又要赖我。"

焦校长没有"戳穿"她们，只是笑着把一个迷你篮球架推到两个大篮球架之间，又转身去器材室拿球。

"让我猜猜，你爸爸叫周玉和，对不对？"我蹲下来逗悦悦。她亲昵地拉起我的手，一点也不怕生，忽闪忽闪着大眼睛惊喜地点点头。

另一个见状，急了，连忙说："阿姨，我爸爸叫赵乐莉，你认得不？"噢，这便是小莉家的老二，我仔细端详，长得确实相像。

"你弄错了吧，应该是你妈妈叫小莉，咋可能是你爸爸哩？"悦悦一脸天真无邪，我和焦校长笑得前仰后合。

接住球,两个小姑娘欢呼雀跃,蹦呀跳呀,树叶被秋风吹着在她们头顶上打着旋儿。我忍不住伸手去接:"看,像不像漫天飞舞的蝴蝶?"两个孩子见了也伸出小手。

"赶紧扔掉!"焦校长立时脸色大变,急匆匆取来一瓶洗手液,让我们快去洗手。

"这是棵漆树,我也是上次捡叶子手上起红疹才知道的。"焦校长不好意思地跟我说,"原本想把树锯掉,万一有孩子对漆树严重过敏那就太危险了。但学校里都是些'秀才',还得靠李支书他们帮忙。"

洗过手,上课的电铃响了,孩子们都钻回了各自的教室,我随焦校长走进他的办公室。

光秃秃的白墙、长满细裂纹的水泥地面,连接两者的地脚线是裸露的粗颗粒混凝土。黑色的皮沙发正中央打着一块"补丁",窗户用一片并不能称之为窗帘的布遮着,整个房间里唯一起眼的东西,是办公桌上一台八成新的白色电脑。

"办公电脑不够用,这是我从家带的。"焦校长这么一说,我猛然想起一件正事。回村之前,单位里正好退下来一批旧电脑,原本想的是给娃们练打字用,我便带了六台来,这会儿还存放在村委会。

"呀,不怕你笑话,这真是解了我的燃眉之急。"焦校长搓着两只手,仿佛还想表达点什么,但是又表达不出来。沉默了一会儿,他突然说:"要不,我安排你进班听课?"

这是四年级的课堂。教室中央连摆着四张课桌,从左到右依次坐着四个孩子:最右边的紫衣服女孩,那是成珍的女儿锐锐无疑;最左边系红领巾的男孩我认得,是长宏家的炜炜;中间两个男孩,一个高胖,一个瘦小。

姓赖的女老师披着长长的卷发,在教室后面帮我摆好了课桌,我又将它朝角落里拉了拉。

焦校长吸取了很多村小衰败的教训,坚持三年级以上不设复式班,每个年级由一名老师负责全科教学。这样的好处是,虽然老师们的工作量加重,但每名学生得到因材施教的机会也相应增加。

不过他又担心新上岗的老师教全科缺经验,正在与小岭镇中心小学协商搞校师互换,切磋教学技艺。

赖老师已经上完语文和数学,这是一节英语课。今天的内容是关于农场的。金米村里也有大大小小的农场,猪、牛、鸡这些对孩子们来说再熟悉不过了,课堂气氛十分活跃。

其中数胖胖的班长最会抢答,他自由发挥用英语把家里每个人的职业都介绍了一遍,我这才知道原来他的妈妈也是这里的老师。小插曲是炜炜好像小声质疑了他的一个发音。

"试着闭上眼睛。"赖老师讲得投入,她说着自己先闭上眼,引导孩子们在脑海中回忆每一个单词的模样。只见几个孩子用左手紧紧捂住眼睛,一边使劲喊,一边用右手比画着……

刚下课的悦悦站在窗外,两只小手高高举起一张色彩斑斓的画,画的是一个彩色帆船蛋糕,顶上还有烛火。焦校长从她身旁缓缓走过,手里推着一个绿色的分类垃圾桶。

05

大山里阴雨连绵了好多天,黄龙山小学对面,陕银矿大院里应急避灾安置点的铺盖都还没撤,今日午后的阳光炙热得紧,照得人睁不开眼。

家长会的会场本来设在旗杆下,条凳都一排排摆放好了,焦校长想到待会儿人热得着不住,又带着师生们挪回了六年级教室。12点一过,赵乐莉、陈庆海、周玉和,一个一个熟悉的身影前后脚踏进校园,但我始终没寻见成珍。

正森来了,身旁站着一个穿制服的。"这是县消防大队的薛教导员,也是落实双联双带嘛,正好给咱做个消防知识讲座,你看这灭火器都带来了。"

焦校长听了，显得有点局促紧张，捏着讲稿急忙往他办公室跑，说是容他再修改几句。

棉被、文具、电脑、灭火器、蛋糕，这些为庆祝第三十七个教师节而凑在一起的礼物，与这一屋子老老少少从四面八方发出的声响，令我眼花缭乱，不知道自己是在梦境还是在现实。

我只记得，一位女老师发言说，要给家长吃两颗"定心丸"。陈庆海的闺女圆圆的脸蛋红扑扑的，她今天代表学生发言，当她念到那句"小时候，爸爸常常给我讲他的小学"，陈庆海在身后拍了拍我的肩膀。

正森、火儿、长宏坐在孩子们中间，都在笑。

"十一"假期，金米村走出去的企业家江长军带着孩子回来了。

听说长军每到过年都会回到金米，给组里60岁以上的老人发米面油，他还自掏腰包修了江氏家谱。他让堂弟长宏给正森带话，愿意出资帮村上筹建幼儿园，从源头上留住学生。

长军的孩子也写了一篇作文《爸爸的学校》，结尾是这样的："来到黄龙山小学，我才发现原来我的小学这么好！"

我相信，孩子这个通过对比得出的结论，是一种真情表露，但我不知道为何我的心会那么刺痛。不得不承认,黄龙山小学的未来,生存还是消失,仍旧是个未知数。

我想起了正森和火儿曾经的一段对话:

"正森,没了黄龙山小学,我总是感觉村子缺点啥。"

"缺啥?缺魂儿。"

后　记

01

从进入金米村的那一刻起，我便不断试图寻求"介入"的逻辑起点。我无法把它简单地解释为一项采写任务，即便金米村因为名气之大，的确正吸引着包括我在内的媒体大军源源不断赶来。

我要完成的是一部非虚构文学作品。这种写作形式自诞生之初，便自带文学与新闻跨学科交叉的特质，强调通过作者的"个人体验"，尽最大努力挖掘现实中活生生的人在那样的"现场"和"故事"中究竟以何种方式存在，是个体性和公共性的有机综合[①]。而作者"个人体验"的质量无疑成为影响作品"真实"的核心变量。

[①] 参考《中国现代文学研究丛刊》2021年第7期，杨庆祥：《"非虚构写作"的历史、当下和可能》，梁鸿：《非虚构文学的审美特征和主体间性》。

刚到金米村不久，我便被村支书李正森邀请加入南下浙江余村"取经"的队伍。一个陌生面孔的记者与村"两委"干部窝在一辆七座车里，共同闯过六安疫情风波，在80个小时里奔行3500公里，满载而归时对着大雨滂沱的黑夜引吭高歌，透露着各自说出来的和说不出来的关于这座村庄的理想。

随着不断深入村庄的社会生活内部，我将"外来户"正森当选村支书、驻村干部"小李子"在临别之际收到帮扶户送的干牛粪、东北木耳技术员咸嫂子被68岁的定富老汉拜师等一连串事件拼接起来，惊奇地发现在若干看似偶然的事件背后有它必然发生的逻辑：

当地开放包容的"移民文化"和金米村上下一致求发展的决心，犹如社川河河床底部蕴藏着的无穷无尽的能量，蓄势待发，终于引发乡土社会机体组织内部的强烈震动——以血缘和地缘亲疏形成的"差序格局"[①]逐渐被打破，乡村政治摆脱了根深蒂固的"门户之见"，一切有利于激活村庄生命力的外来力

[①] 费孝通先生在《乡土中国》中提出了"差序格局"这一概念：以"己"为中心，像石子投入水中一般，和别人所联系成的社会关系，大家不是立在一个平面上，而是像水的波纹一般，一圈圈推出去，愈推愈远，也愈推愈薄。在"差序格局"中，社会关系是逐渐从一个一个人推出去的，是私人联系的增加，社会范围是一个个私人联系所构成的网络。"差序格局"的提出，深刻地影响着后来者对农村问题的研究。

量被拥入怀中，打开了乡村振兴新的视野和希望。

诚如历史哲学家海登·怀特所说，所谓的"事实"是由论者先验的意识形态、文化观念所决定的。因此，作家梁鸿反思十多年的非虚构写作经历：个人经验和知识体系不是你写作的依据和确定自己的支撑，而是需要不断克服的对象。

我不能否认我的个人经验和知识体系必然在其中发挥作用，至少正是因为我外来人的视角才会一路捕捉到这里。但与此同时，和村庄里的人近乎亲人般真诚的相处，奠定了我顺利获取第一手素材的基础，从而得以不断修正和扩充自我认知，以图无限接近着探寻这片土地上人们的精神渊源和行为方式根本的目标。

02

及至坐下来摆开架势开始写作，新的问题接踵而至：当"我"已身处其中，与故事里的人和事发生着或多或少、或深或浅的交集，那么该如何恰如其分地处理对于村庄的情感？

驻村采访结束的前一晚，村里人跟我说："你就是我们金米人么，走啥走，明天看我们在村口挡你。"这句话让我一瞬间想起当年我出嫁的时候，老家满村的树上绑满红毛线，那千丝万缕仿佛都在诉说不舍。

"作者不敢擅用自己的权力，必须盘查并惊醒自身的一切，必须调动自己全部的理智和感情，和自我博弈，最终和'活生生的生活和个人'形成对话。"① 作为后来者，我几乎经历着和"梁庄三部曲"的作者梁鸿一样的心路历程。

我甚至一度企图杀死"我"，以便和故事里的每个人划清界限，来证明他们的悲喜客观存在，避免被质疑沉溺个人情绪而损害到作品"公共性"的部分，那才是作品想要表达的重点。而我也无须因对于一个并非自己故乡的村庄表现得过于亲昵而担心遭受质疑，即便这种情感的建立源于你来我往的朝夕相处而产生的信任和认可——但那显然已经是故事之外的故事。

本以为摆脱了"我"的情感羁绊，写作会变得顺畅，但真实的情况事与愿违。原本有"我"参与其中的事件因无法还原现场全貌，讲述显得费尽心机却仍然支离破碎；由"我"主动为之而设置的议题没有了起始的缘由，故事难以引人入胜；而那些正在发生的被"我"观察到的种种耐人寻味的生活细节，脱离了"我"的口吻，文字是那样索然无趣、平淡乏味。

写作被迫中断。我冒着一阵阵冷汗，在电脑屏幕上打下一

---

① 梁鸿：《非虚构文学的审美特征和主体间性》，《中国现代文学研究丛刊》，2021年第7期。

段文字，然后又将它一字不落地删掉，身心备受煎熬。直到教师节来临的前一天，我回到了金米村。

03

回来是因为村里发生了一件大事：黄龙山小学复校。

这件事在我离开之前已经埋下伏笔，甚至于它的起因便是受金米村干部所托，我和从北京回乡探亲的江峰跑了趟柞水县教育局，就目前乡村教育的问题跟当地干部做了一番探讨。

我竭尽全力使自己保持中立客观。如若去掉情感的砝码，天平的两端，撤校或是复校，哪个利大、哪个弊大？我的答案是：不知道。

从政府的角度看，复校所要付出的既有显性成本，又有隐性成本；从村民的角度出发，账本上算的是撤校后单个家庭因陪读而额外支出的各种花销；从村干部的角度看又不同，因撤校所引发的劳动力外流、离婚率走高、家庭养老缺失等一系列问题，都是乡村振兴必须攻克的难题。

我所扮演的社会角色勒令我，绝不能干预事件进展。直到复校这件事已经尘埃落定，我回到金米，听正森他们讲述在这期间所做的努力与经受的磨难，亲眼看到一所已经停办了一年的小学"起死回生",我想起来有次村上开会,播放过一个纪念袁隆平院士的短片,里面有这么一句话:一个团队必须有一个核心领军人物,这个人要坚韧、百折不挠,才可能带领他的团队冲破一次又一次的关隘。

我不知道多年以后,当我在黄龙山小学见到的孩子都长大了,他们会如何回忆金米村里正在发生的一切?会不会他们中也有人被一群未来的孩子围着,坐在村口那棵老核桃树下讲故事,感念今天父辈们的坚韧与坚持、奋争与奋发,改变着村庄和个人的命运?

返程途中,我眼泪擦干了又流下来,反复在心里默念,教育的本质意味着,一棵树摇动另一棵树,一朵云推动另一朵云,一个灵魂唤醒另一个灵魂。[1]

---

[1] 参考德国教育学家雅思贝尔斯《什么是教育》,三联书店1991年版。